NÃO, NADA

LAURA TARDIN

NÃO, NADA

TALENTOS DA
LITERATURA
BRASILEIRA

SÃO PAULO, 2019

Não, nada
Copyright © 2019 by Laura Tardin
Copyright © 2019 by Novo Século Editora Ltda.

COORDENAÇÃO EDITORIAL: SSegovia Editorial
PREPARAÇÃO: Tamires Cianci
REVISÃO: Laura Folgueira
Andrea Bassotto
DIAGRAMAÇÃO: Rebeca Lacerda
CAPA: Debora Bianchi

AQUISIÇÕES
Cleber Vasconcelos

Texto de acordo com as normas do Novo Acordo Ortográfico da Língua Portuguesa (1990), em vigor desde 1º de janeiro de 2009.

Dados Internacionais de Catalogação na Publicação (CIP)

Tardin, Laura
  Não, nada / Laura Tardin. -- Barueri, SP : Novo Século Editora, 2019. (Coleção Talentos da Literatura Brasileira)

1. Crônicas brasileiras I. Título

19-1379   CDD-869.8

Índice para catálogo sistemático:
1. Crônicas : Literatura brasileira 869.8

Alameda Araguaia, 2190 – Bloco A – 11º andar – Conjunto 1111
CEP 06455-000 – Alphaville Industrial, Barueri – SP – Brasil
Tel.: (11) 3699-7107 | Fax: (11) 3699-7323
www.gruponovoseculo.com.br | atendimento@novoseculo.com.br

A todos que mostram que o inferno não sou eu.

Um conselho: sempre se façam as mesmas perguntas. Eu, pelo menos, encontro respostas diferentes de tempos em tempos.

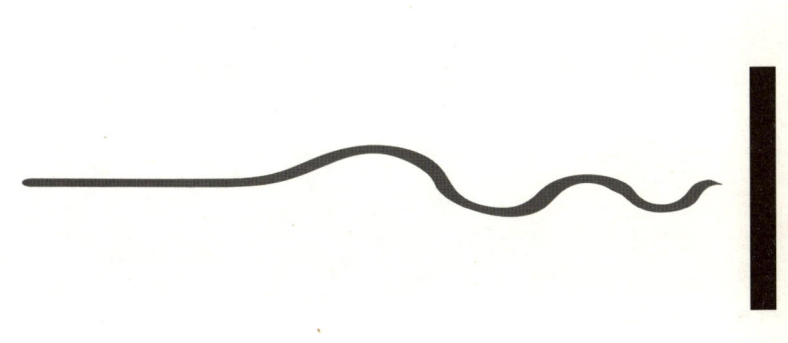

Não entendo o ritmo das pessoas no Centro da cidade.

Lerda. Gente lerda. Gente que demora a rodar a catraca do metrô. Gente que acha que pode demorar mais do que deve. Gente descompassada. Gente provinciana. Primitiva.

Um, dois, três.

Eu contava as cabeças para passar a roleta. Comprei o tal do cartão, mas nem isso fez o tempo de espera diminuir. Eu odeio esperar. Odeio esperar pelo nada. Esperar para chegar ao trabalho e fazer exatamente a mesma coisa que fazia todos os dias.

Serei otimista.

Esperar para chegar ao trabalho, fazer exatamente a mesma coisa todos os dias, pegar outra fila e voltar para casa.

Era disso que eu gostava no meu dia.

Almofada, comida, televisão, banho.

O resto, passo. Descarto. Descarto toda aquela lerdeza.

Gente sem ritmo para andar. As pessoas não têm ritmo. No Centro, andar a pé: esqueça. Esqueça qualquer coisa no Centro. Centro só presta no domingo. Porque não tem gente.

Gente estraga as coisas. Gente que não sou eu, obviamente. Eu andava rápido. Eu era cidadão.

As anciãs morosas. Os grupos. Os grupos que comiam aquelas promoções do McDonald's na rua.

Decidam-se. Ou vocês tomam milk-shake ou andam. Os dois, não.

Eu, nunca.

Às vezes, parava para pensar em quanto tempo eu perdia vendo os outros perderem tempo. Fazia cálculos. Somas. Multiplicações. Assim, dava até para sair de férias.

Queria abrir espaço entre toda aquela gente. Queria que não houvesse aquela gente. Queria não estar lá. Queria estar de férias. Todas as vezes em que olhava para a minha foto na praia, queria estar de férias. Eu tinha uma foto na praia acima das coisas no escritório.

Nenhuma praia em especial.

Quem sou eu para fazer planos?

Era só praia. Mar, areia, céu. Azul, branco, azul.

..

Contínuo, me diria Nelson. Contínuo. Imprimidor de papel. Escritor de contrato. Grampeador de papel. Servidor de café. Suportador de gritarias. Andarilho do Centro. De lá para cá. E o contrário.

– E tem mais. Eu sou um ex-contínuo. E você *é* um filho da puta!

Tinha graça. Vi aquele filme vezes e vezes. Gostava de me lembrar. Para rir. Só rir. Esperava o dia de poder me chamar de ex-contínuo.

Ex. Significa aquilo que não é mais.

Eu esperava o dia de chamar algum infeliz de filho da puta.

Significa condição permanente. Afinal, filho da puta uma vez, filho da puta pra sempre. Nunca vi ex-filho da puta.

Só se larga a vida uma vez. A herança segue.

Só se larga a vida uma vez.

• •

Saio de casa bem cedo.

Bem, cedo, não.

Cedo. Cedo é todo horário em que eu não consigo estar de pé naturalmente. De pé. Em outra época, isso queria dizer outra coisa.

Tomo café. Muito. Penso em para onde esse café vai. Penso em se é ele quem causa a minha gastrite. Não importa. Sem ele, eu não existo. O café virou uma figura na minha vida. Uma pessoa, eu diria. Uma pessoa de quem eu preciso e de quem dependo. Ele não me faz feliz. Não. Mas me mantém de pé, coisa que o despertador sozinho não faz. Nem o trabalho. Talvez o Centro da cidade. Ele é bonito, me mantém acordado. Se vazio, mais ainda. Se cheio, de raiva.

Faço os mesmos rituais. Banho, escovar os dentes, amarrar os sapatos. Dá para escovar os dentes no banho, mas não para amarrar os sapatos enquanto escovo os dentes. Me faltam mãos. Me sobram ideias. Quando era criança, queria inventar robôs que fizessem as coisas.

Coisas para que eu dormisse mais, no mínimo. Mas, como dizem, é melhor ver tudo aquilo do que ser cego.

••

Saio. Desço a ladeira. Ladeira que já nem sei. Já não olho mais para cima, quiçá para frente.

Devia parecer um malgalante. Descortês.

Se eu tropeçava em alguém, murmurava algo sem nexo. Animal gemedor. Se alguém tropeçava em mim, eu achava bom. Achava bom. Achava bom que a culpa fosse de outra pessoa.

A física se comprova.

Dois corpos. Newton.

Dois copos, para começar a sexta-feira. Para amanhã, era isso.

Parar com essa ansiedade.

Seguia descendo. Contava as pedras.

Via se não havia nenhum pombo morto. Os motoristas matam demais em ladeiras.

Se matar bicho desse cadeia, todo mundo tava fora de circulação. Bicho. Formiga, lacraia, barata. Pombo. Rato.

Borboleta que é bom ninguém mata. Por quê? Não voa? Não é inseto? Não bate no vidro quando preso? Borboleta é homem? Será que não matam borboleta porque é coisa de menina? Todos os insetos em que eu conseguia pensar tinham nomes femininos.

Sono.

Na esquina, um relógio. A hora está certa.

Pelo menos.

••

Desde que me mudei do Catete encontrei problemas.

A casa era de um tio meu. E afinal, não dava mais para morar com os pais. Estava velho. Longevo. Estavam velhos. Decrépitos. Morar com velho deve fazer mal à beça. O pensamento contagia. Essa gente de antigamente.

Essa gente de antigamente.

••

Os problemas de morar no Jardim Botânico eram dois.

Dois eram os meus pais, então, acho que dá no mesmo.

O primeiro grande problema de morar no Jardim Botânico era um introdutório: morar no Horto. Morar no Horto só é bom se você não quer sair de casa nunca mais.

Dei a solução aos meus problemas mesmo sem querer.

Opa.

Não sei o que era pior. Sair ou voltar.

Boa, essa invenção do metrô. Antes, para sair daqui, eu gastava todas as minhas energias num ônibus.

Lerdo. Provinciano.

Como as pessoas do metrô.

Agora, não. Pego o ônibus que deixa no metrô.

Pelo mesmo preço.

Vejam só, que melhoria enorme para a minha vida.

••

O Rio de Janeiro era mal projetado. Não. Melhor. A minha vida era. Como viver na porra do Horto e querer chegar ao Centro? De bom humor? Tarefa difícil. Não era para mim. Para mim, não. Eu tinha que trabalhar mais perto.

Mas eu estava ilhado.

Para um lado, a Barra da Tijuca. Nunca na vida. Nunca mais. Só de pensar, minha gastrite atacava. Do outro, aquela série de infâmias. Humaitá, Botafogo, Praia do Flamengo. Chegar a algum lugar quase doía.

Se subisse, bateria no Cristo. Uma surra bem dada.

Ele até merecia.

••

O problema em pegar o ônibus do metrô era que eu passava na catraca duas vezes.

Duas vezes de gente provinciana. Duas vezes gente lerda.

Parcelado.

A primeira parcela valia mais porque tinha muita gente para a mesma catraca. Para o mesmo ônibus. Um por um. Eu procurava ficar no começo da fila. Não gostava de pensar que poderia estar prensado entre duas catracas. Começo da fila. O fim do ônibus seria o começo da outra fila. Começo da fila às vezes queria dizer proximidade com a porta. Menos tempo naquele ambiente fechado, com toda aquela gente provinciana. Isso contagia.

•

Metrô. Coisa engraçada. Quem pensou nisso deve ser um gênio. Mais.
Essa gente nunca pensa além dos limites.
Eu pensava. Às vezes. De vez em quando.
Mas não. Tinha vida de contínuo. Usava gravata.
Odiava gravata.
Meu maior prazer era tirar a gravata ao fim de cada dia e rir dela. Sem mim, ela não era nada. Não tinha vida. Amorfa. Descaracterizada.

••

Sempre prestei atenção ao que aqueles estólidos falavam.
Sabia que não falavam comigo. Por isso, queria o silêncio deles.
Nada me incomodava mais do que virar a cabeça. Por isso, se falassem, eu virava a cabeça e os encararia.
Repreensão silenciosa.

••

Escutava tudo o que diziam.

Se falassem comigo, eu não me incomodaria. Mas me incomodava que falassem no meu silêncio. O silêncio era meu, oras.

Trocava de lugar, mas eles continuavam. Eles não se importam com o meu desespero.

Eles não têm cara.

São sempre os mesmos.

••

Minha mesa não tinha vista.

Tinha.

Tinha vista para a cara do infeliz que ficasse ali, me interrogando.

Acho engraçada essa gente que se estressa.

Eu sei mais. Eu sei mais sobre isso que eles. Por que me interrogavam?

Lembrava da minha mãe.

Brigava com os taxistas. Dizia o caminho. Eles diziam outro. Não dava certo. Ela, já bufando. Eles, coitados. Eles tinham a razão. Minha mãe, raramente.

Raramente.

••

A cidade tão grande e eu tendo que olhar na cara de cada um desses sujeitos. Sujeitos púgeis. Sujeitos infames.

Eles estavam errados.

••

Um par de meias para cada dia da semana.

Sexta-feira, eram sempre coloridas. Durante a semana, pretas.

Luto.

••

Chegava em casa e abria alguma coisa. Torneira. Lata de atum. Pacote de macarrão. Livro para ler.

Nunca os e-mails. Os e-mails, nunca.

Aquele computador me dava ojeriza.

Às vezes me sentava à frente dele. Ficava mirando-o, esperando o susto. Esperando que ele me ganhasse no jogo do sério. Ele nunca ganhava.

Eu sempre perdia.

••

Chegava uma moça. Nova. Não mais velha que eu.

Começava a falar.

Consultório de psicólogo.

Despercebi-a.

Noto que ela combinava unhas com o vestido. Ambos verdes.

Será que ela pensava como eu?

Será que ela pintava as unhas todas as manhãs? Será que decidia que roupa ia usar na noite anterior e então pintava as unhas? Será que tinha uma seleção de roupas verdes? Seria ela o Cebolinha?

Ela aumentou o tom de voz. Falava de juros. Juros.

Será que ela pensava como eu?

Tal ideia me dava angústia. Melhor deixar para lá.

••

Ver umas notícias.

O metrô abriu outra cratera em São Paulo.

Está cada vez mais perigoso.

Está cada vez mais perigoso, diria minha mãe. Hoje em dia, é preferível ir de ônibus a ir de metrô.

Perigoso mesmo é sair de casa, eu responderia. Era batata que daria merda.

••

Minha mesa entre duas demonetes desdenhosas.

Nunca entendi porque ali, entre as duas.

Mulher não deveria se juntar para trabalhar, para começar. Pior do que casal apaixonado. Se olha. Se entende. Ri. Manda mensagem. Ri mais. Combina. Maldiz. Mancomuna.

Eu tinha baixas vontades. Era humilde. Nem as afogar. Nem as fuzilar. Nem nada em especial. Só queria que elas se calassem.

Só isso.

Mais. Talvez mais.
Queria que nunca tivessem se conhecido.

••

A pessoa estuda por tantos anos.
Se forma.
A duras penas.
Sofre.
Pega ônibus de manhã.
Volta de ônibus à noite.
Escreve a diaba da monografia.
E vira auxiliar de escritório,
basicamente.
Trabalha entre dois pedaços de gente.
Duas abana-moscas.
Duas aquecedoras de cadeira.

••

Jogava uma partida de paciência por vez.
Era o quanto eu achava que era permitido.
Sem que os outros me vissem.
Bloquearam a internet.
Pudera,
as demonetes ficavam no bate-papo. Entre elas. Com as amigas. Com os homens que as comiam.

Para mim, só restava jogar.

Paciência.

••

Só o e-mail era aberto.

Maldito.

Uma partidinha. Só mais uma. Desafiava. Uma partida em uma rodada. Uma partida de um minuto contado no relógio. Uma partida concluída, concluindo um naipe por vez.

Anotava os resultados.

Eu era um vencedor.

Eu era o escolhido.

O melhor jogador de paciência do segundo andar do banco.

••

Paciência.

Coisa que não era para mim.

••

Cliente.

Bom dia.

Bom dia, moço, queria fazer uma aplicação.

Velha.

(Pensava – por que diabos eu havia virado contínuo?)

Por que velha faz aplicação? Tá achando o quê? Riqueza, agora? Vai deixar para os gatos?

Ela não entendia nada do que eu dizia. Nada do que eu explicava.

Lógico, era velha.

Ela vai embora. De senha nova. Sem entender nada. Mau caráter. Mau caráter, eu devia ser. Vender gato por lebre. Ganhar mais dinheiro.

Dormir mais.

Ora, quem rouba para comer não era mau caráter. Nem para dormir.

••

Trancava a porta duas vezes antes de ir dormir.
Morando sozinho é difícil dar sopa.
Três vezes em dia de jogo.
Sendo botafoguense, é difícil dar sopa.

••

"É preciso catiguria".
Lembro da minha mãe.
Minha mãe era quem vivia citando bordões.
Odiava isso nela. Como me irritava.
Me incomodava que as demonetes lembrassem a minha mãe.
Mulher é mesmo tudo igual.

••

Sexta-feira era um dia lindo.

Não importava. Chuva, sol, cratera do metrô, fogo, Botafogo perigando, lindo.

Sair de casa até fazia mais sentido. Quer dizer. Sair de casa para voltar. Para voltar e saber que de novo, só semana que vem. Entrar na cápsula do tempo na qual se podia dormir ou fazer qualquer coisa num raio de certos quilômetros. Até a ansiedade pela sexta me fazia feliz.

A cachaça me fazia feliz.

Cachaça.

Mais uma dose, é claro que eu tô a fim.

••

Engraçado era viver bêbado por algumas horas.

Sempre chegava um ponto em que eu começava a tratar todos um pouco pior.

Certa vez, me acusaram de rabugento.

Eu?

Rabugento?

E desde quando não se despedir dos amigos, xingar o trocador de ônibus e passar direto pelo porteiro era rabugice?

••

No travesseiro, o mundo girava.

É melhor dormir logo, amanhã algum filha da puta vai me acordar via chamada telefônica. Ou, quem sabe, os passarinhos.

••

Esses passarinhos são foda. Uns pantufos.

Morar no Horto é pior.

É de manhã, na ressaca, que me pergunto por que me mudei para esse bairro de gente provinciana.

Aqui, comprar um simples queijo ralado é desafio. Exige habilidades. Paciência é uma delas.

Ruim mesmo é acordar no sábado,

num horário subumano,

com a cantoria desses ergofóbicos.

••

Não sou um sujeito rancoroso. É só que, às vezes, fica difícil.

••

Às vezes, encontrava coisas dela aqui.

Não sabia como. Ela nunca morou aqui.

Não sabia o que fazer com as coisas dela. Se estão aqui, é porque não fazem falta.

Ela não me faz falta.

··

Domingo era dia de futebol.

Às vezes, Maracanã.

Maracanã às vezes dava azar.

Se fosse o Nilton ali. Mas não. Era o Garrincha.

Nilton era botafoguense de verdade. Ele, sim.

··

Melhor que domingo de futebol era o domingo de futebol no qual eu acordava com restos de pizza amanhecida em cima da geladeira.

Paraíso.

··

Ela falava tão alto que não dava nem para pensar. Eu, em minha breve existência, jamais seria capaz de falar tão alto. Não era possível. Ao redor dela, eu nem existia. Só existia a minha raiva. Invisível. Ela falava mais alto do que todas as pessoas juntas. Mais alto do que minha mãe. Talvez. Eu a conhecia inteira. Sabia de cada intenção só de escutar a sua voz. Sabia de sua história, de sua vida, de tudo. Tudo o que ela poderia dizer. Tudo o que ela poderia pensar.

Ela não pensava em nada.

Eu a via fazendo discurso. Palestra. Talvez precisasse de um pouco mais de imaginação. Ela tinha cara de passarinho. Olhar para ela não resolvia o que eu sentia. Que nem a minha mãe. Olhar para a minha mãe só piorava.

Mulher é mesmo tudo igual.

••

Antigamente, eu chegava ao Centro de ônibus. Trajeto Horto-Caos.

O problema era morar em ladeira. Como sempre.

Havia um ônibus que ia para o Centro. Centro, não, Lapa. Senão, eu havia de descer. Chegar ao primeiro plano. Plano da rua. Diabo era quando eu esquecia alguma coisa. Subir de novo.

Na verdade, ir de ônibus me proporcionava o grande prazer de não ter que lidar com a logística da ladeira. Você sabe. Tudo tem logística. E tempo. Sempre ele. Descer era mais rápido. Subir demorava mais. Me cansava. E eu, que já era magro.

Então, na teoria, não descer a ladeira já me poupava certo tempo. Mas tinha o outro lado. Como tudo na vida. Às vezes, o ônibus demorava. O único ônibus direto. Senão, havia de pegar dois. Coisa de gente que faz baldeação. Coisa de quem mora em Santa Teresa. Coisa de gente lerda, provinciana. Coisa de gente que chega atrasada e acha que está tudo bem.

Minto. Santa Teresa tinha, sim, passagem direta para o Centro.

Se o Rio fosse uma cidade bem organizada. Caso o ônibus passasse com hora marcada. Não. De que adianta ser organizado e morar no Rio? Tudo aqui atrasa. Tudo aqui é atraso de vida.

Isso falando só do Horto.

Problema era quando o único ônibus direto chegava a algum lugar,

Ou seja,

a Lapa.

Isso era ônibus de arruaceiro. Ir para a Tijuca. Por que não ir para a Tijuca pegando a maldita Presidente Vargas? Túnel Santa Bárbara? Não. Tinha que passar pela Lapa. E eu, que trabalhava na Rio Branco? Saltava na Lapa. Sentia o ar de cerveja. As ruas que nunca se lavam. Tinha que andar. Muito mais. O tempo. Aí, você já sabe. Eu andava mais rápido que as pessoas.

Se fosse para andar, eu preferia andar no Horto.

Lá não tem gente.

Lá tem jaca, macaco, ladeira.

Gente, muito pouca.

Imagine sair de casa, esperar ônibus. Eu odeio esperar. O ônibus não vem. Pego aqueles ônibus que descem o Horto. Pego um segundo ônibus no plano da rua. O dispêndio. Não. Pior que isso. Imagine esperar o ônibus direto. Eu odeio esperar. O ônibus, enfim, passa. Levo horas dentro deles. O Rio é uma desgraça completa. Jardim Botânico, Humaitá, Botafogo. Botafogo é a pior desgraça de todas. Botafogo é time do coração. Ponderações. Toda a praia. Ainda se fosse o Aterro. Aí, são outros quinhentos. Mas não. Salto na Lapa. O coração da cachaça. Ando no meio de tanta gente lerda. Gente provinciana. Associo a Lapa a gente provinciana. As lembranças boas se vão pela janela. Pela janela do ônibus. Chego à Rio Branco esturricado de calor, como um ovo derretido e triste. Sem traço algum de esperança.

Aquele seria um dia ruim.

Na volta? Ando o mesmo caminho. Cansado. Derrotado. Para a Lapa. Minhas energias se renovam, mas não adianta. São cinco e meia da tarde. Não seis da noite. Nem dez. Nem onze. Cachaça sozinho era aquela coisa triste. Eu estava novo demais para isso. Espero o ônibus. Eu odeio esperar. Tinha que ser aquele. Outro não serviria. Senão, meu destino final seria o purgatório da baldeação de ônibus no horário do rush carioca.

Não.

Vou de metrô.

Ali, era só fechar os olhos.

Saltar. Pegar o ônibus com o preço incluído.

Andar, só onde não tinha gente. Andar, só para subir ladeira. Barriga vazia. O coração afoito para tirar as meias pretas.

Tô certo ou tô errado?

••

Pior que as demonetes,
Pior do que qualquer cliente desinformado,
Era o chefe.
Um safado.
Um gordo em progressão.

Um verme pífio que achava que tinha mais poder que os outros. Um inseto. Um homúnculo sem jeito algum.

Um sujeitinho barato na sua vaidade de codorna.

Preferia nem falar. Quando ele passava, eu olhava para o computador. Fingia estar ocupado. Quando ele passava, eu desligava minha partida de paciência. Paciência. Só o olho nos olhos quando alguém está sentado do outro lado da minha mesa. Mostrar serviço. Mostrar que posso. Posso até mais que ele. Mandar nos outros? Eu mando os outros pro buraco, se quiser. Falência. Esse trabalho é uma falta de caráter sem tamanho.

..

Segunda-feira era dia de ligar para a mãe.
Ligo porque, ligando, tenho que aparecer menos.
Estratégia.
Porque sim.
Ligo na segunda para deixar as coisas boas para a sexta.

..

Chego em casa. Penso. Comer primeiro. Depois de subir ladeira. Antes de ligar para a mãe. Antes de tomar banho, porque o banho era quente e me aliviava do dia. Da conversa com os pais. Banho geralmente tira as dores. Comer, pela gastrite. Minha mãe dizia que não deve fazer bem ficar tanto tempo de estômago vazio. A casa está vazia. Canto. Gosto daqui. Uma vez aqui, é bom. Gosto de poder cantar sem que nenhum inconveniente venha puxar a música. Logo viria a irmã me encher o saco. Acompanhar. Aqui, não. Aqui eu posso tudo. Quando quiser. Como quiser. Sozinho.

••

Pronto.
Meu pai atendia o telefone com pronto.
Coisa de velho.
Só ouvia as palavras do meu pai. Soavam-me como um livro didático. Uma depois da outra. Quando meu pai falava, eu ouvia o bater da máquina de escrever. A voz, não. Meu pai não falava com voz. Cuspia livros. Sabia de tudo. Ilustrado.
Passa pra minha mãe.
Vamos logo acabar com isso.

••

Notícias. Sua avó perguntou. E a nora? Nunca mais apareceu? Ah.
Fechava os olhos. Morte da bezerra. Imaginava aqueles filmes em que os dias passam em câmera acelerada. O sol nasce e se põe várias vezes. Neva. Ligava a TV. Lia uma notícia no rodapé da tela. Se ligasse na hora da novela, sabia que tinha que ligar de novo. Tinha que ser na hora do jornal. Das seis, das sete e das oito.

Era melhor sofrer de uma vez só.

Ela começava perguntando.

E como vai meu filho banqueiro?

Auxiliar de abertura de contas, você quer dizer.

E como vai meu filho formado?

Contínuo, você quer dizer.

Tudo bem. Tudo sempre bem. Melhor não falar nada do que ficar dando motivo.

Aí, vinha o falatório. Sem parar. Eu meramente concordava. Às vezes.

Morte da bezerra. Imaginava aqueles filmes em que os dias passam em câmera acelerada. O sol nasce e se põe várias vezes. Neva.

Minha mãe falava numa língua que eu não entendia. Nunca entendi. Dela, pelo contrário, só ouvia a voz. Nenhum significado. Um ouvido e o outro. Uns bordões de novela, talvez. Quando morava com eles, tudo o que ouvia era novela do 4. Frase feita.

Por fim, tentava mandar recado para Deus. Abençoava a distância. Eu, devolvia.

Pior coisa é fazer desfeita com a mãe.

..

Mais uma segunda-feira. Graças a Deus, meu filho, graças a Deus.

••

Uma das demonetes veio me pedir ajuda.

A da direita.

Veio me fazer uma pergunta parva. Pergunta parva de pessoa parvajola.

Parvo fazendo parvice.

Bom que eu era contínuo várias vezes, para várias pessoas.

Respondi. Com toda a paciência do mundo. Respondi como um professor atencioso responderia a um aluno querido. Os meus nunca o fizeram, logicamente. Via o rosto da demonete de perto. Os cabelos presos no alto da cabeça. De perto, ela não fala assim tão alto. Respondi a tudo com carinho. Como um pai explica a um filho.

••

Às vezes, me faço perguntas. Por que eu trato certas pessoas da melhor forma possível? São estas, as bem tratadas, o principal alvo do meu desdém? Quantos minutos eu passo pensando que queria que as demonetes não existissem? Aí, quando uma me vira para fazer uma pergunta débil, sou gentil e obsequioso.

Pensava.

Eram aquelas as pessoas que eu mais gostava de tratar bem. As mais medíocres. As mais triviais.

Assim, elas me reconheceriam. Me idolatrariam. Saberiam que, em mim, encontrariam uma resposta. Me considerariam uma fonte de referência. Alguém a ser chamado caso haja um problema. Um resolvente. Um dicionário. Uma calculadora. Um herói. Era isso que eu seria para aquelas pessoas. Elas se curvariam diante do meu conhecimento.

Coisa de poucos.

Coisa minha.

••

Claro que o meu entendimento não era para todos. Não seria compartilhado com quem era ou se achava melhor do que eu. Se meu chefe viesse perguntar qualquer categoria de coisa, eu respondia fria e secamente. O mesmo acontecia com, por exemplo, meu pai. Para ele, eu nem respondia. Aí não. Aí, tudo o que eu sabia pertencia a mim.

Se eles já sabiam a resposta, de que servia a pergunta? Oras.

••

Vizinho era o tipo de coisa que me incomodava. Eu vivia fugindo de vizinho.

Fugindo, não. Fugir é forte. Evitando.

Um tipo de gente que te dá bom-dia e é só. Gente pérfida. Gente que te dá bom-dia sabendo tudo sobre a sua vida. Sabe de quem entra e de quem sai. Sabe dos seus horários.

Tudo sobre a minha vida.

A vida é minha, oras.

Em contrapartida, eu era elegante. Para não ser descortês, preferia não encontrar nenhum deles. Aquele bom-dia. Aquele sorriso falso. Não. Nada disso.

Quando ouvia chaves no corredor, aguardava. Quando o elevador estava cheio, eu esperava pelo próximo. Ia de escada. Quando um vinha na esquina, eu esperava minha vez.

Eu, sim, tinha educação.

••

Paro no ponto de ônibus.
Minha gastrite aperta.
O velho desdentado ri.
"Eu comecei na cervejinha... e fui terminar no Pinel!"
Não dá, não dá para pegar ônibus. Desisto.

••

O metrô tinha seus pontos positivos.

Por exemplo, ali não entravam pedintes. Larápios. Vendedores de bala zero-oitocentos.

Coisa irritante. Estou eu, quieto, recôndito e sonegado, jogado no canto de um ônibus, a caminho de qualquer lugar. Entrava um ser sedento por dinheiro. Por mais que não fosse o meu. Me incomodava. Aqueles mercadores de Mentex. Como gritavam, os desgraçados. Interrompiam o que eu pensava.

No metrô, raro via. Se quisessem dinheiro, teriam que pagar antes.

Capital inicial.

••

Saí de casa pela primeira vez aos 22 anos. Tinha enchido o saco dos meus pais e fui morar com uma namorada.

Logo o saco desencheu que, ó.

Descobri, já aos 22, que, ao escolher alguém para morar junto, você está automaticamente escolhendo quem mais veria e com quem conviveria. Mais do que sua família, seus amigos, pessoas que estudavam e trabalhavam com você.

Ela morava "sozinha". Acontece que o "sozinha" significava ser vizinha dos pais dela e, ainda, dos tios. Eram o tipo família feliz: todos no mesmo prédio.

Imagine a quantidade de vezes que tive que pegar a escada para não encontrar nenhum dos energúmenos no elevador.

Isso durou uns dois meses. Um dia, ela veio me dizer para que falasse com seus pais e tios quando os encontrasse na rua, no elevador, na portaria. Me disse para ser simpático. Simpático.

Mas veja só.

Quer dizer, eu evitava os meus pais para ser vizinho dos dela. Vizinho. Vizinho era o tipo de gente de quem eu fugia. Fugia, não. Fugir é forte. Evitava.

Também descobri que, assim como ela dizia que morava "sozinha", me chamava de "marido" pelas costas.

Que filha da puta.

Eu fugi foi dela.

Mulher é mesmo tudo igual.

••

Abria o armário. Fazia contas.

Hora de ir ao mercado.

Eu me considerava um profundo entendedor de assuntos de mercado. Pudera. Anos de observação. Anos de prática.

Não que fosse algo de que eu gostasse. Era uma questão de frieza. Pragmatismo. Entrar, coletar, pagar, sair. Num supermercado se media a objetividade de um homem. Mais do que isso. A estratégia. Mais do que isso, se havia dentro do dito homem algum senso de economia de tempo ou de dinheiro. Senão, esqueça. O mercado divide homens brilhantes de almas perdidas.

Explico.

Primeiramente, havia dias certos do mês para ir ao mercado. Nos primeiros onze, só em horários estratégicos. Depois das dez da manhã ou antes das onze da noite, nem pensar. Depois, aliviava. As pessoas gostam de fazer compras de mês. Senão, não as fariam tanto. A grande coisa é que compra de mês é uma furada, se querem saber. Quer dizer, se há filas imensas nos primeiros dias e se é nesses dias que caem os salários, perde-se tempo na fila. Pode ser economia se pensarmos na questão do transporte dos mantimentos. Carro, mandar entregar, hipermercado na Barra, isso tudo era melhor de uma vez só. Devo dizer, também, que essa economia se contrapunha ao fator de frescor dos alimentos, afinal, ninguém comprava a alface do mês. Mas, para um ser solitário como eu, que vivia à base de café, água, macarrão, atum, maçãs e comida e cerveja de rua, compras de mês eram desnecessárias. Eu era o tipo de sujeito que comprava detergente a cada dois meses. Com o tempo, me dei conta de que, talvez, a logística não precisasse ser tão exata assim – eu compraria o tanto que meu braço aguentaria levar pela ladeira.

∙∙

Ou, então, teria de passar pelo infortúnio de pedir um táxi.

Nada contra gastar dinheiro. Era bom não ter que subir com compras. Mas, parando para pensar, o táxi era o modo de transporte que mais demandava comunicação com quem quer que estivesse dirigindo –

neste caso, o motorista de táxi.

Raça picareta de bandidos em quadrilha formada.

Não bastava que seus carros cheirassem mal ou que eles não devolvessem o troco correto.

É que, quando você é um morador do Horto, quase que automaticamente vira alguém a ser entrevistado por taxista.

"Mas o senhor mora aqui?"

Não, vim visitar as aves. Trouxe umas compras.

"Mas o senhor acha táxi fácil aqui pra cima?"

Não, é sinceramente mais fácil descer essa piramba bêbado às 3h do que esperar um dos senhores.

"Mas quando é que vão reformar isso aqui? Tem muito buraco. Se o senhor tivesse dito antes de entrar no carro, eu não deixava o senhor entrar. Isso aqui acaba com a embreagem da gente".

É por isso que estou no seu carro, não no meu.

Será que os moradores do Andaraí eram tão sabatinados quanto eu? Do Realengo? De Copacabana?

••

Voltando ao mercado: ou, então, fazia uma compra abissal que durava seis meses, voltava de táxi e ainda fazia o desgraçado do taxista me ajudar a descer as compras.

••

Mas por que estava falando sobre filas?
Isso é ululante.
Todo mundo ama uma fila.
Sei lá, coisa sintomática.
Essa gente lerda. Gente provinciana.
Todo mundo, menos eu.
Eu, sim, era cidadão.
Por exemplo, sempre quis quantificar a fila que demora mais — a fila normal ou a fila de dez volumes. Nunca obtive uma resposta precisa. Acho que depende da quantidade de

caixas e de volumes em cada carrinho. Especialmente, depende da boa vontade das pessoas presentes,

como tudo na vida.

Foda era a velha na fila de dez volumes. Velha que não enxerga e dá a moeda errada.

Não vou entrar nesse mérito.

Seria assim tão difícil separar o dinheiro antes de chegar ao caixa? E por que os caixas demoram tanto? Por Deus, seriam infelizes? Depressivos? Suicidas? Por que trabalhar tão morosa e lentamente?

Dei algumas gorjetas aos caixas realmente rápidos que encontrei na vida. Isso aconteceu três vezes, somente.

••

Enquanto estava na fila, me distraía para não sentir que estava esperando. Pensava no clima.

Na tabela de multiplicação do 13.

Tentava me lembrar das cores da camisa de cada um no trabalho naquele dia ou no dia anterior.

Tentava me lembrar da escalação do Botafogo em 1995, em ordem alfabética.

Ou, sei lá, bastava pensar sobre motivos pelos quais os caixas seriam tão lerdos.

••

Na verdade, eu gostava de pensar assim. Gostava de pensar que, na verdade, eles ganhavam mal, trabalhavam longe de suas casas e eram tristes e consternados.

Embora, de vez em quando, me desse conta de que não. Conversavam e riam tanto quanto as demonetes do trabalho. Em um minuto estariam com cara de quem perdeu a família em acidente. No minuto seguinte, sem fila, com brecha; sorridentes. Assim, ficava difícil.

Seria mais fácil perdoá-los se fossem, de fato, infelizes.

..

Eu tentava dar meu exemplo. Devolver ao mundo o que ele não tinha me dado – eu era o perfeito cliente de supermercado. Eu era uma máquina. Sabia de tudo: localização, preço, ordem dos itens a coletar, ordem a estocar itens no carrinho, ordem a colocá-los sobre a esteira, ordem a colocá-los nas ignóbeis sacolas plásticas. Na fila, quando sobrava tempo, fazia a soma de quanto gastaria. Quando pagável em dinheiro em espécie, eu procurava ter o mais perto da quantia em mãos.

Tudo o mais rápido possível.

Para que não desse nem tempo de o miserável do caixa responder o boa-noite.

..

O barato mesmo era fazer compra depois das dez da noite. Virava criança. Corria com o carrinho e tudo mais.

••

Vai abrir o tal do Engenhão.
Já se anunciava que ele ia ser a casa do Botafogo, mas eu, como bom botafoguense, só acreditava vendo.

••

Meu pai dizia que a gramática era a coisa mais importante da vida de um homem.
Falava isso à exaustão. Mais do que a minha mãe repetia bordões de novela.
Eu era contra.
Nada deveria ser repetido à exaustão. Gastava.
De qualquer forma, introjetei.

••

Havia vezes em que eu era o primeiro a chegar ao trabalho.
Sem demonetes.
Por um lado, era bom.
Sentava-me. Com calma. Abria o e-mail. Abria meu jogo de paciência. Silêncio. Os guardas me davam bom-dia. Retribuía.
O problema era que, eventualmente, o chefe chegava. Sempre com um sorriso.

Eu não acredito naquele sorriso.

Normalmente, eu não olhava para ele.

Mas, ali, não tinha como.

À minha frente, só o horizonte da mesa.

Ele me dava um bom-dia simpático. Agradável.

Eu não acreditava.

Por que ele havia de ser simpático comigo?

Me perguntava como iam as coisas.

Como se realmente quisesse saber.

Como se ele tivesse qualquer pingo de coisa a ver comigo. Com a minha vida. Com o andamento das coisas.

Não. Era mentira.

Às vezes, por puro masoquismo, queria saber até onde ia a sua empatia por mim. Sorria de volta. Esperava que ele me chamasse para tomar um café. Quiçá uma cerveja na sexta.

Ele nunca chamava.

Por isso, era falso. Não era de verdade. Toda aquela benevolência era apenas para dar o bom-dia mesmo.

Certa vez, respondi que não.

Ele me perguntou se ia tudo bem. Eu disse que não.

Vai melhorar, ele disse.

Eu ri.

Só por dentro.

Para não dar bandeira.

••

O telefone toca. O telefone, não. Aqui não tem telefone. Minto, até tem. Me faltam motivos para atendê-lo. Telefone é coisa de gente provinciana. Quer me achar, me liga no celular.

••

Rapidamente penso sobre como eu me irritava quando morava com meus pais. Lá, o número era parecido com o número de uma pizzaria. Muitas ligações desnecessárias. Noturnas. Obscuras. Um belo dia, depois de anos de cólera, comecei a dizer coisas absurdas aos interlocutores. Deixava que fizessem pedidos inteiros e desligava quando, teoricamente, estava coletando seus dados. Divertia-me ao contar quantas vezes ligavam de volta, como num teatro de pulgas.

••

O telefone toca. O telefone, não. O celular. Era quarta-feira. Olho. Número de casa. O coração vem à boca. Morreu. Um dos dois. Acidente. Foi coração. Derrame. O hospital. O enterro.
Minha gastrite aperta.
Atendo.
Minha mãe.
Ignoro as primeiras palavras. Pergunto se está tudo bem.
Sim, meu filho. Estou ligando para lembrar do jantar.
Ah, diabo. Esqueci. Aniversário.
Respiro.

Quando?

Quarta que vem.

Maldição. Eu ia no Maracanã. Se o Botafogo já vai mal lá, imagina se eu não estou lá pra torcer.

Mãe, você sabe que eu trabalho...

Sei, meu filho. É coisa rápida.

Silêncio.

Não fique assim, sua irmã vai estar aqui também.

Como se isso fosse ponto positivo.

Penso melhor.

Aquele troglodita que ela está namorando vai também?

Vai, meu filho. Ele não é troglodita. Ele gosta muito da sua irmã.

Tá. Liga semana que vem para confirmar, viu, mãe.

Bênção.

Desligo.

Puta merda.

••

Peguei uma fila de dez volumes.

Um dos sete círculos do inferno.

••

O frio piorava.

No banco, mais ainda.

Frio não existe no Rio, só no banco onde eu trabalho.

Parece que é brincadeira. Parece que eles querem que eu desista. Parece que eles querem que eu, em retaliação, vá para o trabalho de pantufas. Com cobertor. Termômetro na boca. Como bom nascido no Rio de Janeiro, eu sentia mais frio que o normal.

..

Só o codorna não sentia frio.
Ah, não.
Vítima de calvície não sente frio.

..

Por outro lado, quando fazia bastante calor depois de um período de chuvas, mentia para o chefe.
Dizia que estava doente.
Ia à praia.
Aí, sim.
Tô certo ou tô errado?

..

Tinha inveja dos ciclistas.
Como passeavam plácidos e serenos pelas ruas, sempre sorrindo, sempre se movendo. Eu estava preso naquele ciclo infinito de tarefas enquanto tudo o que faziam era pedalar. Eu os invejava

com firmeza. Chegava a ser ódio. Eles não pensavam em nada. Faziam o que gostavam. Nada me matava mais do que estar num trânsito fodido e vê-los passar por entre os carros, com sua fisionomia descontraída, cabelos ao vento, como se nem ousassem querer mais nada. Tudo o que eles poderiam querer era deles naquele justo momento. Eles não tinham horário. Eles não tinham compromisso. Eles não tinham que trabalhar de gravata.

Eu até tinha uma bicicleta.

Encostada.

Triste.

O regime semiaberto não me permitia usá-la para fazer as coisas que tinham que ser feitas.

••

Não sou uma pessoa rancorosa, é que às vezes fica difícil.

••

Lapa.

Puxo minha carteira para pagar a cachaça.

Vem um desmundado desses. Rapaz miserável. Indigente.

Meu chapa, você me arruma uma moeda? Um cigarro? Um lanche?

Pra você, não.

••

O problema seria se o Engenhão fosse pé-frio. Imagina? A eternidade de azar.

Se bem que nunca confiei naquele Garrincha da porta do Maracanã.

Se fosse o Nilton, aí, já não sei. Nilton tem a vida inteira de Botafogo. Deve dar sorte ter uma estátua dele na porta de qualquer lugar.

Jogo do Botafogo no Maracanã, aí, sei não. Aí, não era comigo. Estava além do que eu podia fazer.

..

Passava às minhas vistas o codorna.

O codorna gigante.

Me mandava ligar.

Contínuo.

Assistente de telemarketing.

O codorna gigante vestido de chefe me passava a pior das tarefas. Aquela que eu me sentia menos apto a fazer. Mais ridículo. Um farsista. Um burlesco. Um pimpão.

Ligava para oferecer planos. Contas. Investimentos. Pior, eu tinha metas a bater. Contínuo. Tinha que ser simpático. Com quem? Eu nem sabia. Poderia ser uma funcionária do RH gostosa ou um supernutrido suado. Podia ser a minha mãe. Podia ser Deus. Eu não sabia. A minha lista era tão grande que eu achava que ela podia dar dez voltas ao mundo e chegar ao céu. Interminável. Vasta. Imensa.

Certa vez, fiz uma simples conta. Multipliquei a média de tempo de cada ligação com os clientes pela quantidade de números do meu catálogo. Se ocupasse todo o meu tempo de trabalho ligando, cinco dias por semana, passaria 125 dias seguidos ligando.

Né brinquedo, não.

• •

Rezava por uma crise.
Econômica.
Algo que quebrasse todos os bancos.
Coisa assim.
No meu íntimo,
desejava que o banco falisse.
As sonhadas férias.

• •

A gramática é a coisa mais importante na vida de um homem. Ela conduz a tantas outras certezas na vida.

Talvez fosse por isso que meu pai tenha parado de trabalhar quase no que seria a metade de sua carreira.

A gramática é a coisa mais importante na vida de um homem. Ela conduz a tantas outras certezas na vida.

Disso, as demonetes não sabiam.

Se soubessem, não falariam tanta merda.

• •

Sexta-feira chegou até que rápido.
Ótimo. Dia das meias coloridas.
Sexta-feira parecia melhor.

∴

Entro num ônibus. Agora, no talzinho que partia do Horto. Vou direto. Direto para a Lapa. Sem trânsito, já era noite.
Ê, sorte.
No meio do caminho, entram dois hippies. Pela porta de trás. Já vi que não ia dar certo. Por que motorista de ônibus é assim? Dá carona para todo mundo?
Eu também queria carona. Eu também merecia carona. Eu, sim, estava na labuta a semana inteira. Meu vale-transporte não é vale-Lapa, não.
Aliás, que diabos aquelas velhas de ônibus, querendo sentar em tudo que é lugar. Gente remota. Gente enferrujada.
Aposto que a vida delas era bem melhor do que a minha. Aposentadas. Curtindo a vida. Eu, trabalhando feito um indigente. Aposto que elas faziam aquilo porque achavam que mereciam mais.
Porra.
Eu também merecia.
Eu movimentava o PIB do país.
Elas, nem mais parte da PEA.
Já reparou que quase não tem velho dentro de ônibus no fim de semana?

É. Velho tem medo de não ter lugar ocupado para roubar das pessoas.

••

Enfim. Não quero perder o fio da meada.
Entram duas criaturas no ônibus.
Hippies.
Gente que nem provinciana é.
Gente fora de órbita.
Gente que ganha carona porque tem cara de hippie.
Quando eu tinha cabelo comprido, ninguém me dava carona.
Isso eram outros tempos.
Hoje em dia, sou um homem sério. Sou um contínuo.
Não esquecer.

••

Um deles carregava um violão.
Bosta.
Gente para pedir dinheiro. Gente para falar alto. Gente que não dá para ignorar.
Boa noite, somos o Grupo...
Vamos. Eu sei que vocês conseguem sem esse discursinho. Só peçam dinheiro. Só peçam e desçam. Só saiam da minha frente. Isso me deixa constrangido. Acho que eles me olham. Com seus olhos de artista, eles me olham. Com seus olhos de artista, eles me pedem.

Eu não era artista.
Eu queria dinheiro só do codorna.
Do resto da população,
não.
Não me sentia no direito de encher o saco de ninguém.

••

Sexta-feira.
Dia bom.
Dia de ver os amigos.
Dia de cachaça.

••

Ouvi falar nela.
Ignorei.

••

Sábado.
Dia de ressaca.
Esses malditos passarinhos. Pintassilgos endemoniados. Bem-te-vis mal-amados. Sem amor, só lhes restava cantar para chamar atenção.
Que nem os barbudos no ônibus.
De novo, eu era a vítima perfeita.

••

Ah, não.

Um enorme pesar.

Penso no jantar da quarta-feira.

Pena que eu só lembrei disso no domingo.

Dane-se.

Domingo era dia de fazer nada.

••

Não conseguia escrever rápido no computador de casa.

Me fazia mal.

O som das teclas me lembrava o som do trabalho.

O perfume misturado das demonetes.

O olhar dos clientes.

Cruzes.

••

Ligo para a casa dos meus pais obsoletos.

É o brutamontes quem atende. Hábito que eu, a propósito, acho lamentável.

Pelo menos ele deve pegar algumas das ligações para a pizzaria. Agora é ele quem sofre desse mal.

Tá fazendo o que aí?, pergunto.

Vim arrumar o armário dos fundos.

Essa delegação de funções era completamente contrária à minha pessoa. Nunca me incluíam. Eu não fazia parte.

Se meu pai andava de bengala, não podia se abaixar ou subir nada, muito menos arrumar armário de comida.

Minha mãe sempre foi fracote.

Chamavam o cara que pegava minha irmã para isso.

Ele fazia o trabalho sujo. Ele estava lá. Ele jantaria conosco. Só de pensar, minha gastrite aperta.

Tá, passa pra minha mãe.

Más notícias. Jantar confirmado.

(Estou reclamando porque evito ver meus pais demais. Já vi mês passado, está bom.)

••

Enquanto minha mãe falava, eu contava os ladrilhos da parede da cozinha.

••

Meu maior sonho é fazer as pessoas que amo felizes!, disse minha irmã.

Certa vez.

Nessa certa vez, respondi, quase que sem som:

Meu maior sonho é dormir.

Esse não pode ser seu maior sonho, ela respondeu.

Que seja. É o menor sonho, então.

..

Observava as demonetes.

Uma delas era gorda.

Eu não era de reparar em mulher gorda, mas nela, eu reparava.

Tinha braços gordos. O rosto era de um ciclope desfigurado, cujas órbitas não fariam melhor além de carregar somente um olho, já que seus glóbulos eram pequenos e caídos.

Ia morrer das complicações da diabetes.

Provavelmente, seus pais tiveram diabetes.

A família inteira.

Tinha uma expressão tola. Uma boca de quem chupou dedo. O lábio superior ultrapassava o inferior. Silenciosamente, eu a imaginava sofrendo bullying dos colegas da escola. Tinha cabelos bem lisos, até bonitos, desses que são castigados por chuvas de bolinhas de papel das crianças mais maldosas.

Eu seria uma delas.

Era parva. Tinha uma voz tansa. Falava lenta e agudamente. Falava como uma adolescente de 14 anos.

Talvez fosse uma gordinha simpática. Dessas com quem as velhinhas vão com a cara.

Eu, não.

..

Se eu fosse a outra demonete, a que sentava do outro lado da minha mesa, eu jamais seria amiga dela.

A outra demonete era gostosa.

Não. Minto.

Era gostosinha.

Gostosinha. Significa gostosa, mas não gostosona, daquelas que você só vê na TV. Significa gostosa acessível. E que você quer acessar. Gostosinha. Aquela gostosa especial. Especial, não, porque especial é a mãe.

Tinha uma voz mansinha. Quando estava falando com os clientes, pelo menos. Com a outra demonete, virava uma conirrostra. Farinha do mesmo saco.

Como eu não queria ter que escutar.

Eu pagaria para não ter que escutar.

Algo me incomodava nela.

Talvez os óculos.

Gostosinha de óculos. Até que podia ser bom.

Porém, quando ela tirava os óculos, ficavam duas marcas no alto do seu nariz.

Imagina se seria mulher de olhar nos olhos.

Mulher é mesmo tudo igual.

••

Tudo começou por causa de ovos de codorna.

Lá estava ela,

na cozinha,

inventando mais um jantar que eu não tinha pedido.

Era sexta.

Logo sexta.

Ela comprou um pernil. Minto. Ela comprou um pernil na quinta, porque disse que ia demorar para que ele ficasse pronto.

Ela comprou um pernil, um vinho, cenouras, cuscuz, berinjelas. E ovos de codorna.

Talvez estivéssemos comemorando alguma coisa.

Já não sei dizer.

Não sei dizer, porque já tinha muito tempo desde que essa alguma coisa tinha acontecido.

Digo que acho que estávamos comemorando alguma coisa porque, bom, vamos ser justos? Ninguém compra isso tudo para nada.

Lá estava ela,

na cozinha,

depois de ter preparado um pernil de quinta-feira, cenouras, cuscuz e berinjelas.

Peço uma cerveja.

Só tem vinho.

Que vinho?

Aquele que a gente tomou em Puerto Madero.

Me emputeço.

Você sabe que eu não tomo vinho, eu disse.

Não estava olhando para ela, mas senti que ela parou de fazer o que estava fazendo – descascar ovos de codorna.

Será que tem alguma cerveja ou vou ter que descer para comprar?

Não estava olhando para ela, mas senti que ela estava jogando coisas em mim.

Que merda você está fazendo?, perguntei, meio indignado. Pô, quer jogar comida fora, que seja no lixo. Ué.

Euestoucansadadepassartodososdiasaquifazendotudoporvocêevocênemreconhecenadaeuestoucansadadessavidaeuestoucansadadedescascarovodecodornaeuestoucansadadeprepararascoisasparaagenteevocênãomedarvaloreuestoucansada!

Não sei, ela fala tão rápido que só escuto o cansada.

Ela fala alto.

E quem foi que te pediu? Quem foi que te pediu para cozinhar, para fazer pernil, para descascar essas merdas de ovo? Se eu estiver com fome, pode deixar que abro uma lata de atum.

Ela seguiu jogando coisas na minha direção. Em seguida, começou a chorar – preciso dizer que não gosto da cena? – e foi juntando pequenas coisas pela casa, como bloquinhos de post-it e prendedores de cabelo.

Ela partiu. Partiu e nunca mais voltou.

••

Comi o que tinha sobrado do pernil. Achei minha cerveja. Os ovos de codorna apodreceram na geladeira.

••

Às vezes, sentavam-se à minha frente uns clientes velhos.

Alguns mais aprazíveis, outros mais pedantes.

Enquanto os atendia, ficava olhando para eles de rabo de olho.

Imagine, ser velho.

Sei lá, velho tinha mau hálito. Os mais inteligentes, conhecedores, eruditos, todos, todos passavam pelo mau hálito. Velho não cheira bem.

Eu pensava no preço das coisas.

O preço das coisas da vida.

••

Tomo um café.

É, hoje os passarinhos estavam dando trabalho.

Acordo antes do tempo.

Na verdade, não sei.

Não sei se é o excesso de café que me faz dormir menos ou os lastimosos passarinhos.

Não. Jamais pensar mal do café. O café é meu amigo.

O preço de ser velho é cheirar mal. O preço de tomar café é dormir menos e sentir o estômago puxar.

Oras, já convivi com muita gente que me trazia os mesmos sintomas.

O álcool, posso também dizer.

O café, então, era como um típico amigo. Um amigo típico.

••

Sonhava com uma crise.

Entrar naquele banco todos os dias me fazia sonhar com uma crise.

Algo que me deixasse desempregado sem que eu tivesse o trabalho de me desempregar.

Tipo aquele pessoal da Varig. Coitados.

Quer dizer. Desempregado, não. No meu caso, desocupado. Admirador do dia.

Ex-friorento de escritório.

Ex-contínuo.

Uma crise terrível. Algo que viesse de alguma potência mundial, de um país de primeiro mundo. Uma Europa. Estados Unidos. Algo que quebrasse todos os bancos. Os investimentos perdidos. Gente se jogando pela janela. Capas de jornal. Pânico nas ruas. Comércio diminuto. Política em crise. O mundo pegando fogo. Nostradamus.

Algo que fizesse de mim um desocupado, coitado.

Coisa da minha cabeça.

Quando não sonhava com a crise, sonhava com a falência dos clientes.

Sabia que quem perderia a comissão seria eu, mas, confesso: era altamente satisfatório observar um cliente perdendo um alto montante em pouco tempo. Gente que, da noite pro dia, fica sem dinheiro na conta. Gente que, se morresse ali, seria enterrada como indigente.

Gostava das caras. Das objeções.

Perder dinheiro é tipo doença terminal. Há estágios.

Primeiro, a negação. Ué? Só isso de dinheiro? Eu? Você deve estar me confundindo. Olhavam para o meu crachá. Aí, eu, de contínuo, passava a ter nome próprio. O auxiliar de abertura de contas virava gente importante. Gente de respeito.

A raiva. Mas não é possível. Mas será o Benedito. Minha Nossa Senhora, meu Jesus amado, Santo Deus. A Igreja de Todos os Santos do Banco do Largo da Carioca. Tinha dinheiro aí, você mesmo pode ver. Para onde foi? Você não disse que esse investimento era o melhor? Aí, a raiva era contra mim. Como se eu estivesse lhes roubando dinheiro de suas bolsas. Saqueando suas casas. Colocando fogo em suas terras.

A barganha. Esse era o favorito dos espertos e das mulheres. Ah, mas será que você não pode dar um jeitinho? Ver aí o que dá para fazer? Ah, mas eu duvido que você não consiga mudar a situação. Olham pro crachá de novo, com outras intenções. Você, que trabalha com isso, já deve ter resolvido coisa muito pior. E eu nem estou tão ruim assim, estou? Já vi gente num vermelho bem mais grave. Já o velho colocava a culpa na idade. Ah, mas será que você não dá um jeito para mim? É que eu estou velho, tenho que pagar a medicação… Uma pobreza de espírito. Ali, a santa era a Clemência. Já vi muito ateu rezando. Para Deus mesmo. Deus resolve. Eu não. Eu era um simples mortal.

A depressão. É… que coisa… Não pensei que fosse passar por isso. Mas, é, não devia ter nem começado. Estou tão cansado de juntar dinheiro e nunca dar certo.

A aceitação. É, bola pra frente. Sobrou alguma coisa? Dá pra colocar numa poupancinha?

A raça humana sempre superando seus obstáculos. Era bonito de ver.

••

Dever extra.

Renovação do exame médico. Regra da casa. Atendia-se a muita gente por dia. Com isso, tinha o direito assegurado de sair por algumas horas.

O chefe foi bonzinho. Me deixou sair do banco em vez de destinar a tarefa para um sábado ou coisa assim.

O chefe foi bonzinho. Desconfio seriamente.

O que será que aquele codorna quereria?

Antes que eu ponha o primeiro pé para fora do banco, ele me alerta.

Olha, vá de ônibus, a essa hora é mais rápido. Pegue o Aterro, e é só saltar ali pelo meio de Copacabana.

Ah. Entendi o que aquele gordo safado queria. Ele sabia que eu andava de metrô. Ele me viu assinar o pagamento do transporte.

Queria que eu andasse de ônibus para ver tudo aquilo que não poderia ter.

••

Lá vou eu pegar ônibus. Um sacrificado. Um mártir. Em nome de quê? Em nome da empresa. Em nome da empresa, eu saio do banco para estar a uma rua de distância da praia e não chegar até ela.

Eu merecia um aumento só pela vexatória.

••

Percebi. Não gostava de ônibus porque via que todo mundo notava quando eu subia ou descia.

Essa gente alcoviteira. Gente típica de cidade pequena. Gente provinciana.

No metrô, não tinha disso, não. Era tanta gente que ninguém se olhava. Só se passasse mulher bonita. De resto, cara no chão. Contando as estações. No ônibus, eles levantavam a cabeça quando vinha chegando um ponto. Comadres.

Aqui ninguém se olha.

••

Quando descia a ladeira era a mesma inhanha.

Na infância, olhava a placa dos carros. Competia para ver quem tinha vindo de mais longe. Às vezes, aparecia uma Paraíba ou Manaus.

Depois, mais velho, ia olhando pro chão. Imagina se tem alguém reparando em mim. Imagina se desço a ladeira cantando uma melodia qualquer. Imagina. Imagina se eu, por um acaso, estou falando sozinho e alguém me vê.

Melhor nem pensar.

••

De todo jeito, o caminho era um espetáculo.

Aterro. A melhor vista do Rio de Janeiro em movimento. Chegava a emocionar. Se eu fosse turista, não ia querer outra coisa.

Se aquele codorna algum dia me demite, eu arrumo um barco e venho pescar sardinha na Baía de Guanabara.

Aí, sim.

••

Os piores momentos são aqueles em que sinto inveja dos mendigos.

Não sou uma pessoa rancorosa, mas é que às vezes fica difícil.

••

Puta merda, o drama de sair. Decidir se volto para casa para sair de novo ou se chego cedo na casa dos meus pais.

Interesseira. Minha irmã chega cedo porque ela é interesseira. Não que ela tenha saído de casa, ela não tem o desprendimento. Mas ela poderia simplesmente ficar na rua, ficar no trabalho, ir pagar uma conta na lotérica, sei lá, entrar numa fila de vacinação. Mas não. Assim que termina o que quer que esteja fazendo, vai direto. Arruma a mesa. Se bobear, até lava as panelas.

Mulher é mesmo tudo igual.

••

Estava desligando o computador quando o codorna passa.

É só ignorá-lo. Ele geralmente não se dirige a mim no fim do expediente.

Você vai embora?

Dou uma acenada inexpressiva com a cabeça, emitindo um grunhido.

Esqueceu a reunião, meu jovem?

••

Eita.

Só um minuto.

Arrasto bastante o primeiro S da frase para denotar dúvida.

Religo o computador, mas o codorna nem espera.

Abro o e-mail. Temos um e-mail de comunicação interna.

Não que eu ligue para isso.

Deveria ligar. Me pouparia de passar vergonha.

Fico perturbado por uma curta duração de tempo, mas logo o fato de ter outro compromisso de trabalho me parece um bom álibi para atrasar no jantar.

Ou nem ir.

Ah, sou um triunfante.

Venci na vida.

••

Colérico.

Estou enfurecido.

Selvático.

Puto mesmo.

Putasso.

Pra que a reunião?

Pra que essa meia dúzia de gato pingado reunido?

Claro que não ia ser coisa boa.

Era ululante.

O inseto do codorna besuntado a gordura reuniu o pessoal da firma para dar notícia de tragédia.

Era um verme.

Um protozoário.

Um protista parasita de merda.

Ele reuniu o pessoal da firma para dizer que precisávamos reorganizar e redistribuir as equipes, conforme acontecia a cada cinco anos. Há cinco anos eu ainda era estagiário, então não fui atingido.

..

Esse magnânimo senhor queria que eu fosse trabalhar em um dos dois seguintes fins-de-mundo:

Agência da Tijuca ou Agência da Barra da Tijuca.

É aqui que minha divergência com essa criatura começa.

Aqui, ele manda.

Aqui, eu sou um contínuo.

Eu mudaria de chefe, sim, se trabalhasse num desses cafundós. Mudaria de chefe após três meses de adaptação.

Ou seja, seriam três meses de cafundó, sendo acompanhado de perto por esse codorna filho de uma puta, que queria que minha vida fosse pro saco.

••

Tijuca.
Não era qualquer Tijuca, não.
Não era uma Tijuca comum.
Era perto da Muda.
Mais pé de montanha.
Mais ônibus.
Metrô? Chegou, não.
Agora, vocês me imaginem saindo de manhã, pegando ônibus, descendo a ladeira, pegando ônibus para o metrô, pegando metrô, pegando mais um ônibus.

Não havia vale-transporte que suportasse tal indecência.

••

Barra.
Barra da Tijuca.
Era a Tijuca, só que antes da montanha. Ou depois. Montanha essa que dava na Muda.
É tudo um ciclo.

É tudo uma piada.

A piada é comigo.

Barra.

As horas de trânsito. Ir à Barra me dava uma estranha sensação de fracasso, como se a raça humana ainda não tivesse encontrado uma maneira inteligente de fazer um percurso curto num tempo minimamente viável.

Barra era sofrimento.

Via-crúcis.

••

Depois dessa ameaça às nossas vidas – a minha, a da gostosinha e a da demonete gorda –, o codorna ainda fechou o caixão dizendo que estava ótimo, que o ruim era trabalhar em Realengo.

E pontuou que só estava ali porque tinha trabalhado em Realengo.

O gestor da equipe.

O triunfante.

O fodão.

••

Ódio.

Não sou um sujeito rancoroso. É que às vezes fica difícil.

••

Respiro fundo.

Às vezes eu sinto um estranho arrependimento, quase como uma autoconsciência, porém que sempre chega atrasada, como quem perde o bonde.

Sempre percebo que tenho toda a condição do mundo pra ser um homem realizado, feliz, refestelado em êxitos, todavia, algumas pequenas coisas insistem em ficar em meu caminho.

O inferno são os outros.

∙∙

O diabo da janta era às 19h, mas agora já são 18h47.
Penso.
O que Jesus faria?
Foda-se, eu não consigo usar isso de parâmetro neste momento.

∙∙

Alô?
Oi, meu filho. Sua irmã já está aqui. Você tá vindo?
Não, mãe. Não vou, não. Está havendo uma reunião aqui no trabalho, não vou chegar a tempo.
Sinto a tristeza de minha mãe.
Meu filho, aconteceu alguma coisa aí? Você não está com uma voz muito boa.
Não, nada.

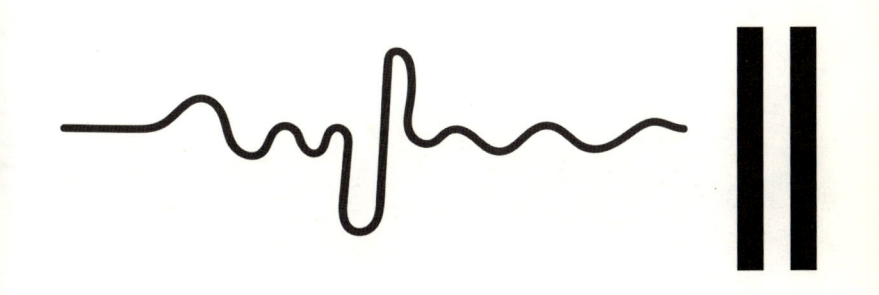

Vamos ser otimistas.
Por que não?
Perdi a tal da janta.
De alguma forma, dei-me bem.

• •

Todavia estou tão puto que seria capaz de gerar energia eólica.

• • •

Não entendo o ritmo das pessoas no Centro da cidade.
Já passava de sete da noite e a coisa parecia, de alguma forma, mais esquisita do que de manhã.
Era basicamente a mesma calamidade de sempre, mas, agora, já era noite.
Estarrecedor.

• •

Vou andando lentamente em direção ao metrô.

Voltar para casa? Eu nem sei.

Deveria ficar ali e começar a beber. Hoje mesmo. Quarta-feira. O que me impede? Nada.

• •

Não.

Algo me impede.

Uma voz me chama.

Não dá para ignorar, está perto demais.

É a demonete.

Não a gorda, não.

A gostosinha.

• •

Ela indica que vai se sentar no ponto de ônibus e me convoca para fazer o mesmo. Parece nervosa.

Nervosa, não. Não vou ser tão superficial.

A mulher tava era putassa mesmo.

Eu a cumprimento de um jeito cuspido.

• •

– Não dá mais pra mim, sabe?

• •

Ah, essa frase eu conheço bem.

• •

— Eu moro lá em Cabuçu. Você conhece Cabuçu? São dois ônibus, mas se o primeiro não passa, são três. Eu acordo às cinco para estar aqui na hora que ele quer. Pra voltar é pior ainda. Você não sabe o que é a Central às cinco e meia da tarde. Sabe a que horas eu chego? Lá pras oito. Eu podia ir de trem, mas eles abusam muito de mulher. Vai todo mundo em pé, espremido, não passa uma mosca. Chega o fim de semana e eu só quero dormir, de tão cansada que estou. Eu estou fazendo pós, sabia? Lá em Nova Iguaçu. Eu faço sábado e no resto do dia eu só quero dormir. Minha irmã fala que eu estou deprimida, mas eu só me sinto cansada. Cansada, e só. Minha mãe reclama que eu só trabalho e estudo, mas o que eu posso fazer? Que outra opção eu teria?

•

Acho engraçado esse povo que pega a gente pra desabafar.

Acho engraçado ela ter as mesmas questões que eu de deslocamento.

Até parece que temos algo em comum.

• •

Normalmente, eu seria sórdido. Torpe. Desprezível. Diria que o meu ônibus chegou e iria embora sem olhar para trás.

Mas não.

Decido dar uma chance. Afinal, nunca conversamos. Nunca tinha ouvido sua voz, exceto em dois contextos infelizes: coisa de trabalho ou conversando com a outra. Eu nunca tinha dado a oportunidade de ela dizer algo que me agradasse, me fizesse pensar, me causasse riso.

Afinal, se ela ia mesmo para Cabuçu, estava no ponto de ônibus errado – o que só quer dizer que ela queria mesmo falar comigo.

O que acontecera com a outra?, penso.

Não importa. Vamos ver o que acontece.

•‌ •

– É. Chefe é isso, né. Faz o que quer com a gente.

– Você me entende? É uma exploração, isso! A gente vai pra onde ele quiser que vá! E se eu me demito, imagina, nem recebo meus direitos!

– Mas você pensou em se demitir?

– Ai... eu nunca poderia. Estou estudando para ser alguém, sabe. Minha mãe trabalha como depiladora. Tenho três irmãos, sou a mais velha. Sou o exemplo da minha família, a primeira irmã formada. Eu não posso ir embora. Seria um tiro no pé. Mas que dá vontade, dá. Dá vontade de fazer tanta besteira que ele ia me mandar embora e ainda me pagar meus direitos. Ou não, sei lá. É que ninguém faz nada. Ninguém! Ninguém se levanta e xinga ele, diz que ele tá errado, que ele não pode fazer o que quiser com a gente. Eu queria ver alguém fazendo isso. Quem sabe me sossegaria um pouco, né? Pelo menos alguém dar dor de cabeça pra ele. Poxa. O cara deve ganhar dez vezes o que a gente ganha, não tem preocupação, tá sempre com um sorriso no rosto, e a gente se matando pra ele...

•

O velho discurso anarquista.

Mal sabe ela que, no que dependesse de mim, o codorna estava amaldiçoado até a quinta geração.

• •

Ela era mais nova que eu – dava para saber, especialmente pelo discurso revoltado. Não que eu fosse um matusalém, um sujeito antediluviano, mas, claramente, ela não passava dos vinte e cinco.

Olho pra ela e, apesar do caminhão de queixas e de ela repetir muitos maneirismos e gírias desnecessárias, ainda acho ela gostosinha. Observo sua boca se movimentando enquanto dispara a voz de passarinho que tanto me torra a paciência pela manhã. Volta e meia ela mexe nos cabelos, como se lhe incomodassem ao redor de sua testa. Quero muito perguntar para ela porque veio até o ponto, em lugar de ir para o ponto de Cabuçu, que ficava simplesmente na direção oposta, mas tenho certeza de que a espantaria como a um cachorro triste.

•

– E você não dirige?

– Dirigir? – responde ela, parecendo surpresa com a pergunta.

– É. Um carro, sabe.

– Ah. Não, não dirijo não. Não teria dinheiro para pagar um carro. Lá em casa tem um carro, mas somos muitos e acho que nunca quis tanto ter um. É que meu ex...

Mulheres. Sempre falam de namorados ou de ex-namorados na primeira página de qualquer conversa. É quase lógico, previsível. O ex-namorado dela a levava na faculdade, para comer hambúrguer, ou até poderia levar a ex-sogra para a casa daquela tia quando ela pedisse. Eles faziam planos e ele também era um cara estudioso. Seu pai até gostaria dele, mas ficaria de olho, porque a filha mais velha não ia ficar andando com qualquer marmanjo.

Previsível.

– Eu dirijo. Mas, olha, te adianto que não é muita vantagem, não. O que você paga nesses ônibus aí, pagaria para estacionar no Centro.

•

Mentira.
Eu até tinha carteira, mas não tinha carro.
Falei só para cantar de galo.
Ser melhor que o ex.
Agora virou questão de honra, ué.

Vejo meu ônibus realmente chegando.
Pondero.

• •

– Aqui passa ônibus para Cabuçu?

Eu não podia ir embora sem essa. Jamais.

Ela dá um sorriso sem graça, quase que safado.

– Ah, desculpa. Eu não deveria ter vindo atrás de você. Minha amiga acabou pegando um táxi. Ela não anda por aqui de noite. Ela tem dinheiro, sabe. Mora em Copacabana. Nem precisava trabalhar, ou, pelo menos, nem precisava ser explorada pelo chefe... Aí, bom, fiquei sozinha. Vi que você estava vindo pra cá e vim atrás. Estava precisando desabafar. Não adianta chegar em casa e falar com meus irmãos, eles não entendem, né? Nem conhecem o chefe.

•

Talvez ela desconhecesse o telefone.

Talvez ela desconhecesse a internet, sei lá.

Talvez ela só quisesse falar comigo mesmo.

•

– É. Setor pequeno é brabo. A gente acaba que quase não tem com quem conversar. – Isso eu falava do coração, embora não detectasse qualquer problema naquilo. – Você não veria vantagem em sair daqui e ir para outra filial?

– E acordar mais cedo?

Ela tinha o mesmo tipo de problema que eu.

Sofria de logística.

Talvez isso nos aproximasse.

Talvez o fato de trabalharmos juntos nunca tivesse nos ajudado em nada, mas, agora, teríamos um laço.

• •

Imagine quantos copos de café essa mulher não tomava para acordar às cinco horas da manhã.

Imagine a gastrite.

Me identifico.

•

– Sabe de uma coisa? Você está certa. Eu compartilho do seu sofrimento. Também passo um bom tempo pensando no tempo que perco me locomovendo.

– E onde você mora?

Daqui a pouco ela vai se convidar para dormir na minha casa.

– No Horto. A parte alta do Jardim Botânico.

– Jardim Botânico? Ah.

Ela me achou um babaca agora.

Não acharia mais caso ela dormisse no Horto em vez de Cabuçu.

– Mero detalhe. Olha, mas é verdade. Se eu mudasse o local de trabalho para a Barra ou Tijuca, ia sofrer ainda mais. Querendo ou não, o Centro segue ganhando em distância e acessibilidade. Você sabia que o deslocamento influi diretamente na qualidade do trabalho de um funcionário? Como é que um patrão quer que você acorde às cinco, passe horas se deslocando e ainda trabalhe com disposição e bom humor? Os estudos em Recursos Humanos avançam no sentido de que todos devem trabalhar alocados perto de sua residência, até para que tenham mais qualidade de vida em geral. Isso colabora para manter o funcionário mais feliz e, consequentemente, para um trabalho realizado com maior primor e atenção. Se o chefe prestasse atenção nisso, te realocaria no seu município.

Quem sabe assim você não voltasse a curtir os seus sábados, por exemplo.

Ela podia ter duas reações diante daquela conversa para boi dormir: ou não acompanharia e logo ficaria entediada, ou faltaria pouco para que me visse praticamente como um aliado de guerra.

Acho que venci.

– Poxa, mas... E se você falasse com ele? Assim, do jeito que falou agora comigo? Porque eu tenho medo de parecer que não gosto de trabalhar. Mas não sei, você falou com argumento, sabe...

Bingo.

Quer ver um bingo mais rechonchudo que esse?

– Você? Não gostar de trabalhar? Mas o seu riso é o que mais se escuta dentro do banco.

Dito isso, vejo um segundo ônibus que me serviria vindo; timing perfeito.

– Olha, meu ônibus está vindo ali. Quer que eu te deixe em algum lugar? Eu estou indo para a minha casa, mas sei que seu ponto de ônibus é lá na Primeiro de Março.

– Não, pode ir... Já te segurei, né? Amanhã a gente se vê de novo...

Ela terminava cada frase quase como se tivesse mais uma a dizer, mas não dizia.

• •

Bem. Fiz meu papel: não cedi a tudo que ela queria. Provavelmente, ela iria querer que eu a levasse de táxi pra onde ela morasse. Ou que eu voltasse no banco para quebrar tudo.

A pior parte?

Eu poderia.

Eu poderia fazer tudo isso.

• •

Melhor.

• •

Melhor.

• •

Muito melhor.

• •

Iria.

Iria enfrentar o chefe.

Iria comprar um carro.

Iria chamar a demonete pra sair.

• •

Fui para casa carregando uma estranha leveza em meu coração – como se tivessem tirado uma pedra que pesava sobre minhas costas. Eu não sabia o que era exatamente. Talvez fosse o tédio do mesmo trabalho há anos;

o codorna;

os clientes, que me exigiam explicação de coisas tão medíocres;

a angústia de descer e subir aquela ladeira;

o somatório infeliz de praias que perdi;

o sentimento de que nada, jamais, num dia qualquer, poderia mudar.

•

Entendam.

Eu não estava caindo na pilha da demonete.

Não. Não seria tão burro.

A sequência de fatos acerca daquela reunião tinha sido:

1. O codorna dizendo que nossa equipe, pequena e reles, seria desfeita de qualquer forma.
2. Oferecendo duas opções de realocação e nada mais.
3. No fim, falando que, se não optássemos por nada, poderíamos pedir as contas e "nunca mais voltar ao escritório".

• •

Eu sei por que ele dizia isso.

Ao contrário do que choramingou a demonete, ele não podia, pura e simplesmente, nos mandar para onde quisesse. Pelo que entendi, os funcionários, diante dessas mudanças iminentes de equipe, poderiam pedir as contas. Não. Ele não era um senhor do engenho e tampouco nós éramos escravos. Século XXI, mulher.

É claro que isso demandaria perder o emprego, mas, sinceramente,

estava tudo bem.

Bastava mandar uns currículos.

Eu estava mesmo precisando de férias.

• •

Na verdade, talvez fosse a primeira vez na vida em que notei uma oportunidade de literalmente me livrar de tudo aquilo sem ter que fazer muito esforço.

A demonete estava certa. Era importante pensar em ter recursos para aproveitar o desemprego. Não adiantava ser mandado embora sem motivo. Era quase como se, durante os anos, eu tivesse esperado para sair de mãos lavadas, sem ter que assassinar ninguém. É. Era como esperar alguém morrer. Eu devia ser um bom funcionário – o codorna não me mandaria embora. É claro, eu poderia tirar a calça e sair correndo pelo banco, e aí seria mandado embora, mas da mesma forma não receberia os tais benefícios prometidos.

Perversamente, eu merecia sair do problema como um *gentleman*. Eu me livraria daquilo como se o problema não passasse por mim. *Ah, eu queria seguir trabalhando com vocês, mas é que assim não dá.*

Nem me importei de pegar o segundo ônibus.

À noite, todos os gatos são pardos.

Que leveza.

•

Naquela manhã, e especialmente nela, os pássaros cantaram, como em todos os outros dias.

Mas eu não me emputeci com isso.

Naquela manhã, e especialmente nela, os pássaros quase que me acordaram, como uma canção de ninar reversa. Havia algo de muito familiar ao ouvi-los cantando; era como estar em casa. Eu estava. Eu estava e, talvez por uma das últimas vezes, teria que acordar para ir trabalhar no banco.

Pelo menos naquele banco.

Naquele horário.

Com aquele codorna filho da puta.

•

Acho que ainda não expliquei por que o codorna me dava tanto nos nervos.

Não preciso.

Passou o ônibus.

Não me importo, vou nele mesmo.

Dou até bom-dia pro motorista.

• •

Ônibus.

Entram aqueles malandros tocando violão.

Se duvidar, os mesmos malandros.

Hippies.

Gente que nem provinciana é.

Gente fora de órbita.

Gente que ganha carona porque tem cara de hippie.

Quando eu tinha cabelo comprido ninguém me dava carona.
Isso eram outros tempos.
Hoje em dia, sou um homem sério. Sou um contínuo.
Só por hoje.
Talvez, amanhã, eu possa me unir a eles.

•

Boa noite, somos o Grupo…
Vamos lá.
Cortem o discursinho.
Me entretenham.
Apenas.

• •

Boto minha mão para o lado de fora do ônibus.
Um pouquinho do braço.
Quando eu era criança, minha mãe me enchia a paciência quando eu fazia isso.
Mas não.
Agora sou um adulto.
Dono de mim mesmo.
Senhor do meu destino.
Responsável por tudo o que faço.
Começo a olhar distante, sentindo a brisa que só sente quem coloca parte do corpo para fora do ônibus; como numa fração de segundo, me sinto feliz, cantarolando a música que os hippies cantavam.
Amanhã, cantaremos juntos, meus amigos.

• •

Nem o ritmo das pessoas do Centro da cidade me incomodava hoje.

Não tenho pressa.

Pressa alguma.

Em todos esses anos, para não chamar a atenção do codorna, fui o mais farsante e passivo que alguém poderia imaginar.

Preferia abrir o banco a chaves do que chegar atrasado e ter que me explicar.

Hoje, pouco importa.

Até paro para comprar um sorvete.

Vou tomando devagar. Sujar a camisa é que não pode.

• •

Tenho uma teoria.

Sei lá, só algo que pensei um dia.

Vamos lá.

Sabe quando você fica esperando o ônibus pelo que parecem horas e horas? E os minutos se arrastam? E você começa a ficar puto, muito puto, porque começa a pensar que vai se atrasar para o restante das coisas que teria para fazer? Ou, mesmo que não fosse fazer absolutamente nada, aqueles minutos te atrapalhariam, porque você já chegaria ao nada dominado pelo ódio? E o próximo passo é recontabilizar todo o resto de tempo? E, depois disso, você começa a sentir raiva – raiva de si mesmo por não ter saído um minuto mais cedo, e aquele minuto poderia ser crucial para que você já estivesse dentro do ônibus anterior? Raiva do motorista, aquele miserável que deve ter parado para trocar uma ideia com o fiscal que anotava o número de passageiros, ou para comer aquele joelho desprezível que estava havia oito horas na vitrine do balcão daquele boteco? Ou raiva da cidade que, obviamente, poderia funcionar melhor? Ou raiva da sua vida, que não fazia sentido algum?

Para onde ia toda aquela raiva?

Para onde ia toda aquela raiva quando o ônibus finalmente chegava?

Não importa o quanto você era obrigado a esperar por certas coisas.

Não importa quão insuportável aquela espera fosse.

Importa, na verdade, a satisfação e o alívio que o fim dessa espera lhe causasse.

•

Seu dia chegou, codorna.

• •

Ao entrar no banco, chego a estar emocionado.

Não me explico. Nem vou até o codorna. Vou me sentar à minha mesa e fazer meu trabalho, como se ele não me importasse a ponto de me incomodar.

Tenho um plano para o codorna.

Deixar ele trabalhar, almoçar e, depois do almoço, vou lá dizer pra ele que ele está perdendo um membro da equipe.

Quero ser a indigestão de hoje.
Dispepsia.

• •

Ao passar pela demonete gostosinha, aceno com os olhos.
Sou um cara discreto.
Não ia dar bandeira,
Mas ela estava no papo.

• •

Quantas pessoas tinham aquela oportunidade?
Sou um abençoado.
Um bento.
Um consagrado.

• •

Aconteceu uma coisa de que eu gosto, hoje.
Uma coisinha engraçada.
Às vezes, eu fico achando tudo engraçadinho.

• •

Velha.
Normal.
Me vem com aquela carteira de identidade de mil novecentos e setenta e oito. A foto mostrava uma jovem bonita, de olhos bem pintados de preto.
Velha.

Agora, velha.

Senhora, não teria um documento de identificação com foto mais recente?

— Por quê? Não se parece comigo? — E ela me olha descarada.

• •

Cristo! Às vezes as mulheres me dão trabalho.

•

Nessas situações, eu podia ser simpático e agradável ou ser um canalha mal-humorado. Se fosse para ser um cretino, diria que, administrativamente, eu teria problemas se anexasse um documento do século passado e que ela teria que voltar ao banco quando pudesse, atrasando o que fosse que estava tentando fazer.

Mas não.

Hoje ninguém vai estragar a champanhe.

Os fogos na praia.

Hoje era final de Copa do Mundo.

Mais que isso.

Hoje era Botafogo campeão.

— Não envelheceu nada — respondo. — Pelo contrário. E deve estar muito mais experiente e inteligente hoje em dia. Por isso que veio aqui, no banco, para melhorar alguma coisa, não?

Ela sorri.

— Você é muito gentil. Como é seu nome? Muito educado. Novo e educado. É que às vezes nós somos tão mal atendidos... O Rio de Janeiro está um horror, imagina você. É raro sermos atendidos com bom humor e cordialidade. Outro dia vim aqui e aquela atendente do seu lado – e se inclinou para a frente, como se fosse contar um segredo –, *aquela mais cheinha*, me destratou por outro motivo, enfim, algo que não vem ao caso agora. Foi seca comigo. Sempre acho que vocês têm a obrigação de serem, no mínimo, neutros, e não secos. Um sorriso não faz mal a ninguém. Até depois fui comentar com o gerente sobre o episódio. Sou cliente daqui desta agência há anos, somos amigos. Todo fim de ano venho entregar uma garrafa de Merlot para ele e a esposa. São pessoas muito agradáveis. Mas, de você, eu vou falar bem.

Bingo, porra.

O codorna vai sofrer com a minha ausência.

Vai viver num deserto, sem água, sem comida, sem esperança. Sem mim.

. .

Às vezes, me faço perguntas. Por que eu trato certas pessoas da melhor forma possível?

Era porque isso me fazia bem.

Não por elas.

Era como um espelho. Eu as tratava bem. Elas correspondiam.

Eu constava como o coroado, o bendito, o bem-amado.

.

– Imagina, o que é isso… Não custa nada tratar os clientes bem. Por isso que estamos aqui, não é?

— Já que estou tendo um bom dia desde logo cedo, vou te contar por que ando com esta carteira. Eu sei que ela já está velhinha, né? É que meu marido... quer dizer, meu ex-marido... nunca terminou o processo do divórcio. Eu tenho uma carteira mais recente, é claro, só que ela tem o sobrenome dele no fim. Aí eu tenho que ficar explicando, é sempre chato.

— Espero que você possa se reinventar e ser a melhor versão de si mesma.

Faltou a mulher abrir a bolsa e me jogar dinheiro.

Ou me beijar na boca, sei lá.

• •

A ideia era almoçar como um rei, mas não estava com fome.

A ansiedade me dominava. Parecia que o Botafogo estava na final.

Nem saí do banco.

Fiquei ali, como quem não quer nada.

Joguei muitas partidas de paciência.

A demonete passou por mim, como se me chamasse para almoçar.

Lido com você depois.

Estava apreensivo.

Descabido.

• •

Hoje eu não jogava paciência.

Não.

Jogava xadrez. E para ganhar.
Xeque-mate.
Daria trabalho ao chefe para me substituir.
Ele que sofresse.

• •

Voltou do almoço.
Quando fico nervoso, tenho a mania de ficar me mexendo.
Coisa bem típica de pessoa quando fica nervosa.
Quando era adolescente, batucava com as canetas nas coxas.
Mais recentemente, tinha criado um hábito mais podre, insensível, que incomodava os outros –
ficava apertando o botão da caneta, vendo sua ponta sair e voltar, uma gênese perfeita.

• •

Me levanto.
Não quero que esse filho da puta tenha nem tempo de escovar os dentes.
Quero discutir com ele. Quero que ele fique sem graça de sorrir para mim porque sua boca está cheia de restos de comida do almoço.

• •

Não que ele tivesse motivos para sorrir para mim.
Nunca teve.
Mas sorria.

•

Caminho como que num filme, quase em câmera lenta, sentindo o chão se movimentar sob meus pés. Firmo a caneta contra minha perna, num movimento preciso, perfeito. Bato na porta e não dou o tempo para que ele responda.

Exatamente como previ, ele sorri, mas com menos expressão do que se estivesse com os dentes limpos.

A vontade que tenho é de fazer você engolir cada um dos seus dentes sujos, codorna. E o resto de couve que ficou neles, para que você tenha uma ótima digestão.

• •

— Fala, meu querido! Ouvi falar bem de você hoje, hein? Parece que está inspirado.

— Sempre. Ah, escute... Depois da reunião de ontem fiquei pensando e não vou continuar aqui no banco.

As palavras caíram de minha boca como um corpo cai ao mar; pesadas, nefastas.

Ele me olhou como se não me entendesse.

Em seguida, pegou uma caneta e um papelzinho quadrado, como um post-it.

• •

O homem vai anotar a minha demissão num post-it.

• •

Respiro fundo.

..

— É? — Ele pergunta como uma namorada que rasteja para voltar com o ex.

— Sim — respondo objetivamente.

Eu poderia ficar aqui falando de vários pontos que me incomodaram por anos.

Fazer o mesmo trabalho todos os dias, semanas, meses, e todo o cansaço que isso acabou imprimindo na minha personalidade;

o próprio chefe e como ele fazia seu trabalho fria e perfeitamente, sem nunca passar do protocolo de delegar, aparentar estar fazendo sempre menos do que qualquer um de nós e simplesmente parecer feliz com isso, como se mandar nos outros fosse um fardo alegre pelo qual alguém se responsabiliza;

os clientes, pessoas de alta ignorância que se dividiam em apenas dois grupos: os que nada sabiam e me enchiam a paciência, ou os que até sabiam o que estavam fazendo ou do que estavam falando, mas teimavam em discutir comigo, *comigo*;

a angústia de sair todo dia de casa, descer a ladeira, ter que me preocupar com horário, ter poucas e sofríveis opções de transporte, e não poder simplesmente dormir até mais tarde;

a quantidade de praias, cervejas no meio da tarde, viagens no meio da semana, ou, sei lá, qualquer diabo de coisa que eu poderia planejar para minhas quintas-feiras e, além disso, pela infelicidade de não poder ir ao banco, cartório ou correio sem que isso tivesse que entrar para o meu desalegre banco de horas;

o sentimento de que nada, jamais, num dia qualquer, poderia mudar.

•

Mas eu? Eu não diria nada.
Não vou gastar meu latim com um codorna desses.

• •

— Barra fica puxado, né, cara?
— Fica, sim.
— Onde você está morando? No Catete?
Ele nem sabe que me mudei há uns anos aí.
Um sujeito desprezível, sem dúvida alguma.
— No Horto.
— Lá tem macaco, não tem, não?
— Moro em apartamento.
Macaco não tem asa, filho da puta.

• •

Silêncio.
— Mas você já arrumou outro emprego?
— Não.
— Está procurando?
— Estou vendo. — Ainda não, mas não quero que ele pense que sou um faz-nada.
— Beleza. Pô, se precisar de indicação, pode ligar pra cá, tá? Qualquer coisa.
Faço que sim com a cabeça.

— Vamos sentir sua falta. Você é um bom funcionário, um cara bacana. Não tenho queixas.

• •

Cara bacana.
Um ex-contínuo.
E você é um filho da puta.
Só se larga a vida uma vez.

• •

— Bom, se você trabalhar hoje, até o final do dia, te dou o dia de hoje. Se trabalhar até o fim do m... — E olha no pequeno calendário de papel sobre sua mesa, ilustrado com o logotipo do banco. — Ou seja, amanhã, eu te dou o mês. Você pode optar pelo aviso prévio, de trinta dias.
— Acho que não, obrigado.
— Férias?
— Férias.
— Então, amanhã você passa aqui pra assinar os papéis. Na minha sala, é claro. Não precisa ficar, se não quiser. Seria cordial da sua parte, apesar disso.
Eu fico, sim.
Fico porque decido ficar.
Não porque estou algemado a este banco, codorna.
Nunca mais.

• •

— Mas como assim? O que ele disse?

Num piscar de olhos estava na Lapa. Hoje é quinta-feira, mas não me importo. Agora sou um fora da lei. Um caubói errante, que não liga para nada. Sou um aventureiro, bandeirante, vivendo à *la* Ferris Bueller.

A cerveja gelada sobre a mesa quase que briga com os dois copos de tequila que tomamos, cada um. Sim. Eu chamei a gostosinha para sair. Não tinha dúvida de que ela aceitaria, assim como o fez. Não estou dizendo que eu seja um sujeito irresistível, tentador, envolvente nem nada disso; ela é que veio para mim. Ela tanto veio para mim que não chamou a gorda para vir conosco, fazer um ménage. Não. Ela queria mesmo um tête-à-tête.

Desculpem.

Me empolguei.

. .

— Ah, nada demais.

— Nada demais? Mas como assim? Ai, me conta tudo, vai.

— Tivemos a menor conversa possível, na verdade — disse eu, entre um gole e outro de cerveja. — Eu entrei na sala, falei que queria sair, ele só me perguntou se eu já estava procurando outro emprego. Quem sabe se ele não pensou que eu já tinha arrumado outra coisa.

— E você está?

— Nada. Só queria ir à praia. Não que eu não vá à praia, na verdade. É que ir à praia em dia de semana é diferente.

— Nossa! — Ela parecia fascinada. — Que pessoa iluminada que você é! Que calma, que luz. Quanto jogo de cintura. Firmeza, sabe? Entrar lá e só dizer o que quer, assim, na lata. Sem discussão, sem nada. Eu queria ser uma mosquinha pra ver a cara dele. Mas as pessoas evoluídas espiritualmente são assim, elas não são apegadas a coisas que fazem mal. Elas têm facilidade de se livrar, que nem você teve hoje. Imagina que uma prima minha era espancada pelo marido e levou mais de quinze anos para falar com alguém sobre isso. Até hoje não se separou, você acredita? Tá lá até hoje. Mas isso é um espírito baixo. Dois, sabe. Duas pessoas sem luz. Estou chocada com você! E a justificativa? Pra poder ir à praia em dia de semana. Incrível, que conexão com o mundo, com a natureza... demais!

Vou dar uma corda.

— Sim, e também sinto falta de viajar, sabe? Pegar uma estrada, um mato, olhar a Terra de cima. É um porre quando você só está autorizado a viajar em fim de semana e feriado. De novo, tudo lotado, não dá para sentir como os lugares realmente são.

— Nossa! Você acredita em signos?

— Não. — E rio. — Mas vou deixar você chutar.

— Sagitário.

— Capricórnio.

— Ah, mas você tem alguma coisa em sagitário, não tem? Você fez o seu mapa astral? A tia de uma amiga minha faz. Ela é ótima.

— Não fiz, não, na verdade. Só sei que estava cansado, sabe? Cansado de não poder.

— Não poder?

— De me sentir acorrentado ao trabalho, preso. De não poder fazer o que se quer. O que eu quero é tão simples, na verdade. Não peço muito. Sou um sujeito modesto, singelo, acatado.

— Eu sinto muito por você. — E pegou a minha mão, sem que eu esperasse por isso. — Mas agora já passou, né? Daqui a pouco você está indo para a praia.

— Eu dormiria lá, se pudesse. Aliás, acho que poderia acordar cedo, pegar minha bicicleta nos fundos e pedalar lá.

• •

Só depois percebi que a frase pareceu mais um convite.
Pena que ela trabalhava no banco.

• •

— Mas, não, vou deixar pra semana que vem — digo com consciência. — Amanhã é o último dia do mês, da semana. Dia de honra, sabe.

Ela pareceu assustada.

— Mas — falou — o que vai acontecer sobre aquilo que falamos ontem? Você pediu as contas. E seus direitos?

— Hum, talvez você não saiba disso, mas, no regulamento do banco, está prevista essa coisa de mudança de funcionários entre as agências. Se, por um acaso, um funcionário não aceitar a troca, ele não é penalizado se optar pela demissão.

— Você tem certeza?
— Tenho, pode deixar. Eu não faria uma coisa dessas do nada.
— Ah, é. Você é capricorniano.

•

Senti que ali seria um momento para me abrir, mas decidi evitar isso. Nenhuma garota, por mais superficial que parecesse, merecia escutar drama de alguém no primeiro encontro – ou seja lá o que estivéssemos fazendo ali.

Só sei que terminamos a noite nos beijando enquanto, em teoria, estávamos esperando o táxi.

Coisa muito perigosa vindo de um capricorniano, descobri. Foda-se.

• •

Ainda tinha a sexta-feira.

Não importava.

Quase que passei em uma loja para comprar uma meia listrada.

De estrelinhas.

Eu poderia ir de camiseta. Uma camiseta do réveillon de 2003, sei lá. Uma camiseta com uma frase bem escrota.

Melhor não.

Acho que vou de bermuda.

Bermuda e o tal cobertor, me embalando o pescoço, quente como abraço de mãe.

Passar frio é que não dá.

• •

Penso se vou contar para os meus pais.

Não.

A melhor coisa de ser adulto é que você pode agir como se ninguém mais existisse.

Eu contaria assim que arrumasse outro emprego. Sem pressa, também.

Ou se eles acaso percebessem que eu estava parecendo um rato de praia.

É. Melhor ficar um tempinho sem aparecer. Pra que vou me preocupar com eles?

Não vou.

Não vou me preocupar com mais nada.

•

Não que eu fosse uma pessoa preocupada.

Não me considerava.

Não tinha com o que me preocupar, na verdade.

Sentia que, às vezes, tudo me deixava meio puto.

Meio insatisfeito, meio frustrado. Descrente. Incrédulo.

Preocupado, não.

•

Via um monte de gente andando preocupada. Meu pai, por exemplo. Talvez porque ele tivesse algum grau de responsabilidade que eu nunca tinha atingido.

Foi ter filho pra que, afinal.

Mas, no fundo, acho que era da pessoa. Eu não me preocupava porque era como se quase nada me atingisse. Ou me atingia apenas numa camada mais superficial, coisa pouca. As coisas me deixavam puto, e só. Não ligava se o banco ia mal. Eu ganhava o meu salário de todo jeito. Conta-salário. A comissão era lucro. Jogava de volta pro mesmo banco e ficava lá. Conta-poupança. Também não era como se eu fosse uma pessoa que gastasse muito. Café, água, atum, maçãs e comida e cerveja de rua. Inclusive, quase tudo disso saindo direto do meu vale-alimentação.

É. Talvez eu tivesse um problema daqui pra frente.

Mas não vou pensar nisso.

Não agora.

•

A faculdade também não chegou a me preocupar, eu me lembro. Sinceramente, eu era um aluno razoável. Ficava estressado, sim, mas mais por ter que fazer trabalhos com outras pessoas. Todavia, tudo bem. Tinha mais amigos para beber comigo do que idiotas pra passar nas matérias às minhas custas.

• •

Outra conclusão feliz: eu não era uma pessoa preocupada. Nunca, eu poderia dizer.

• •

Chego ao escritório quase dançando o hula-hula.

Eu nem precisava de café.

Bom dia, banco.

Bom dia, demonete gostosinha que eu peguei ontem.

Bom dia, outra demonete, que eu não duvidava de que passaria a ter mais contato comigo a partir de agora. Seríamos amiguinhos, quiçá.

Bom dia, pessoas que trabalham no caixa – eu nunca vejo vocês, então às vezes chego a confundir os nomes de cada um.

Bom dia, clientes que eu nunca mais verei.

Senhas que eu nunca mais digitarei.

Códigos que eu não mais terei de lembrar.

• •

A vida – essa coisa linda, mutante, intensa.

• •

Ao entrar no banco pensei sobre a abordagem do codorna – como seria? Ele viria até mim e me jogaria dinheiro na cara? Eu iria até ele? O dinheiro viria em depósito ou cheque? Se fosse cheque, será que ele teria feito um envelope fofo com adesivos? Ou uma carta de despedida? Será que teria um bolo surpresa no fim da tarde? Recheado de dinheiro?

Veremos.

Sento-me e começa meu último dia de trabalho, talvez me concentrando mais no meu jogo de paciência.

• •

Mensagem da comunicação interna.

Aquela palhaçada das demonetes.

Um dia, por falta de paciência de ver aquele troço subindo na tela, desabilitei.

Isso já faz alguns anos.

Hoje estou tão de bom humor que reabilitei.

Queria saber do que tanto falavam essas mulheres, afinal.

• •

Tá.

Queria saber se falavam de mim.

O que é que tem?

• •

Aliás – que outro assunto elas poderiam ter?

• •

Começa a troca de mensagens. Garotas se cumprimentando. Bom dia, demonetes.

A gostosinha menciona um babado que a outra não sabia.

• •

Bingo.

• •

Será que elas viam que eu estava recebendo as mensagens? Que estava on-line, será?

Foda-se, sigo.

. .

A gostosinha diz que está muito chateada.

Eita. Será que é melhor parar de olhar?

Menos de um minuto depois, diz que está chateada porque o chefe está *passando todo mundo pra trás*.

Pelo que entendi, o codorna comia uma parte da nossa participação nos lucros. Todos os meses. Todos os anos. Havia cinco anos. Desde que ele parou de nos atualizar do crescimento da taxa dessa participação.

Pra que atualizar?

Éramos três –

a demonete gostosinha, que, desculpem o jeito, mas não parecia muito inteligente;

a demonete gorda, que parecia sempre ter algo mais interessante com que se preocupar, como por exemplo, esta fofoca;

e eu, que tinha deixado de ser estagiário havia justamente cinco anos, então, não tinha tanto a questionar –

quanto a nada, nadinha.

. .

Três patetas perfeitos.

. .

Ou seja, além de um codorna, o homem era um belo de um pilantra.

Seria ele corno? Só faltava.

Não pior que isso, mas talvez igualmente notável era a reação das duas demonetes – uma, ao saber da informação; a outra, ao saber que a primeira tinha acabado de ficar sabendo. Eu me sentia como numa pequena embarcação no meio do oceano, entre dois encouraçados que apontavam para o mesmo lado. Elas, obviamente, não poderiam falar nada em voz alta, mas nem por isso deixaram de expressar a revolta em seus corações. Mesmo com clientes, ambas começaram a bufar, a mexer nos cabelos compulsivamente, a revirar os olhos, e entreolhavam-se como duas companheiras de trincheira, prestes a atirar num alvo móvel.

Segue o babado.

• •

Agora, parecia que, além disso, o codorna descia mais um andar, direto ao inferno.

A outra demonete, como num último golpe de videogame, disse que o chefe nunca prestou mesmo, porque esteve comendo, há alguns anos, não somente parte do que deveríamos ganhar, como também uma das caixas.

• •

Putz.

Sim, eu me lembro disso.

Aconteceu há três anos. A gostosinha devia estar no meio da faculdade, ou, com muita sorte, no seu fim.

Éramos a gorda, eu, um outro cara – ele até foi meu amigo por um tempo, almoçávamos juntos – e as pessoas que trabalhavam no caixa.

Ok.

Admito que me importava pouco com eles.

Eles trabalhavam virados para o outro lado.

Eles nunca tinham nome.

Mais pareciam substitutos uns dos outros, porque era fácil sair daquele emprego em três ou seis meses.

Assim sendo, eu não me preocupava.

• •

Um dia, um belo dia, correu o boato de que o codorna estava dando em cima de uma das moças que trabalhavam ali.

Uma ninfeta.

Uma lolita.

Um caso a ser enquadrado como pedofilia, porque, sinceramente, parecia que trinta e cinco anos separavam aquelas duas pessoas.

E dá-lhe sapato novo.

Pulseira.

Cordão.

• •

As notícias corriam.

A moça, que estava noiva de alguém, tinha desmanchado seu noivado.

Ficou na cara.

• •

Começou uma espécie de Fla-Flu ali.

Fla-Flu não, né? Caído.

Um embate que envolvia não somente a equipe interna do banco, mas também a moça do Posso Ajudar e, para engrossar, todo o corpo de faxineiros e motoboys.

De um lado, os que defendiam a moça, dizendo que tinha ficado encurralada com a situação, que era uma vítima, que o codorna é que era um escroto e que, por causa da insistência dele de dar em cima dela, o noivo era quem tinha dado fim ao compromisso.

No outro lado do Maracanã estava a torcida que afirmava que ela era uma vagabunda mesmo, uma mulher baixa, uma pessoa interesseira, e alguém que estava colocando em risco o casamento do chefe também, muito bem-casado, completando bodas de crizo naquele mesmo ano.

• •

Não deu muito tempo. Como uma foto que vai sumindo, era como se a moça fosse, aos poucos, deixando de existir para todos. Já não almoçava junto com ninguém e saía sozinha para pegar o ônibus.

Três meses depois, ela foi mandada embora.

A firma ficou em pólvora novamente, repleta de teorias conspiratórias acerca do que poderia ter acontecido ao suposto casal.

• •

Vocês devem estar se perguntando em qual lado do Maracanã eu estava —

vos respondo: nenhum. Sou botafoguense.

Eu, tomando conta da vida dos outros? Vejam bem.

Na verdade, isso me deu mais tempo para jogar minha partida de paciência e me sentir completamente fora do foco do codorna — não que eu achasse que eu ou o meu trabalho significasse qualquer coisa para ele, mas, durante aquele dado período, eu tive certeza absoluta que não.

Foi outro período plácido de minha vida recente.

• •

Puxando mais da memória, quem me enchia o saco nessa época era a ex.

Eu quase que assumia meu estado de paz somente quando entrava no banco.

A vida sempre te provém algum nível de equilíbrio.

Mas, voltando à realidade: é, pelo jeito, o homem não prestava dos pés à cabeça.

Não estou surpreso.

Não vou ligar.

Vou embora desse banco hoje mesmo.

Vou pegar meu dinheiro.

Meu salário do mês.

Minhas férias e o décimo terceiro das férias.

Meu décimo terceiro.

Meu FGTS.

Meu seguro-desemprego, que me garantiria alguns meses sem ter que me lembrar do meu próprio nome.

Não vou esquentar minha cabeça com os golpes do codorna.

Não vou gastar minha gastrite nisso.

Mas vou desligar esse negócio de mensagem de novo. Vai que vem mais uma fofoca e, aí, sou moralmente obrigado a quebrar tudo?

Vou até pegar um café.

• •

Foi bom não ter ido falar com o codorna logo de manhã.

Eu já estava puto.

Precisava manter a minha estratégia.

• •

Almocei e fui.

Entro fazendo uma coisa cretina que minha mãe fazia comigo: batendo na porta e abrindo antes que pudessem responder.

• •

O codorna está sentado diante de sua mesa. Ele está comendo um sanduíche de *fast-food* sem guardanapo e, sobre sua coxa esquerda, está apoiada uma porção grande de batatas fritas.

A cena é levemente dantesca.

Gosto do que vejo.

Gosto quando ele se percebe visto por alguém e se confunde, não sabendo mais o que fazer com o hambúrguer que está pousado em suas mãos.

• •

– Último dia, hein, jovem? – diz.
Não me dou ao trabalho de responder.
– Fiz aqui suas contas. – E abre sua primeira gaveta.

• •

Penso que ele está tocando nas minhas contas com aquela mão ensebada de comida pronta.

• •

Enquanto procura o que quer que esteja procurando, reparo na vasta coleção de animaizinhos de vidro que ele possui sobre sua mesa de escritório.
É sério. São muitos.
Fico tentando criar uma versão autoral para a presença de tantos objetos brejeiros. Bregas. De gosto alternativo. Para não dizer duvidoso.
Penso que é a mulher dele quem dá aqueles animaizinhos.
Ela dá um a cada aniversário de casamento.
É ela quem exige que eles fiquem sobre a mesa de trabalho.
Não seria possível que um homem tivesse aquilo por pura vontade.
Um homem gordo.

Desses que esbarra e derruba coisas.

Ou talvez o codorna colecione animaizinhos de vidro.

Não.

Talvez tenha herdado aquela coleção torpe de sua mãe, que deve ter morrido há alguns poucos anos.

Ele, por culpa, os guarda todos, para olhar para eles, consumi-los.

Bibelôs de um tempo que não volta mais.

Minha mãe também coleciona coisas desnecessárias, quase romanescas, que lhe serviam de acessórios para sua equivocada ideia de decoração.

Minha mãe só assistia ao canal quatro.

Minha mãe via novela, anotava as frases de efeito e as usava pela vida afora.

Não.

Nada a ver com mãe. Lembrei a história de mais cedo.

O codorna havia aberto a público o seu acervo de animaizinhos de vidro porque sua mulher tinha descoberto a traição no banco, e, aí, ele o fez por vontade própria.

Redenção.

Recompensa.

Talvez não fosse a primeira vez que ele a tivesse traído.

Talvez tenha sido uma vida inteira de traições.

Traições e animaizinhos de vidro.

Para se desculpar, ele os colocou todos ali, ao alcance.

Quem sabe assim ele não trai de novo.

Mulher é mesmo tudo igual.

• •

— Aqui. — Ele estende uma pequena pasta de papel, com a logomarca do banco, para mim. Estava tão distraído com os animaizinhos de vidro que mal o vi se movimentar.

— Obrigado — digo num volume quase inaudível.

— Confira, faz favor. Não quero problemas com nenhum ex--funcionário daqui.

Filho da puta, penso.

Abro a pasta.

De novo, estou chocado.

Chocado, mas não surpreso.

Dou uma olhada rápida e vejo o oposto do que pensei. É como se eu tivesse me mandado embora.

• •

Quero ser cordial.

Quero pegar tudo e sair.

Vamos, codorna. Vamos lá. Me dá o que eu quero. Eu vou ganhar. Vou ganhar de você.

• •

Respiro fundo.

Não vou criar um caso.

Serei um *gentleman*. Eu mereço ser um *gentleman*.

Vou sair por cima da carne seca.

•

– Tudo bem, mas... – E solto um pigarro. – Acho que tem algo de errado.

– Sim?

Obviamente, o babaca iria me fazer explicar o que eu achava que tinha de errado ali.

•

– Eu estou saindo por motivos de não poder continuar em uma agência mais distante.

– Ah, sim, você me explicou ontem. Uma pena.

– E fui informado de que, saindo por esse motivo, contava como uma demissão por parte do banco sem justa causa.

Ele, que até ali estava mirando única e exclusivamente a tela do computador, finalmente olhou para mim.

Eita. Me sinto num filme de suspense.

– Você foi informado? Onde?

– Eu li no regulamento interno do banco – respondo com firmeza.

– Ah, é?

• •

Começo a ficar puto.

Não sei como era possível ser tão instantâneo, mas, de um segundo para o seguinte, eu estava suando.

Desejava aquela caneta para batucar sobre mim.

Vai ser difícil, penso.

• •

— No site tem tudo escrito.

Ele fica olhando para a minha cara.

— Ah, não. O site não é atualizado há um tempo. Essa regra mudou.

• •

Eu poderia deixar pra lá.

Poderia mesmo.

Poderia pedir desculpas, desejar o melhor e simplesmente ir embora.

• •

Mas não vou fazer nada disso.

• •

Não sei como funciona para os outros.

Para mim, era assim: geralmente, eu deixava as coisas como elas estavam.

Pouca coisa valia a pena.

Não por elas.

As coisas.

Mas por mim.

Eu não estava a fim.

• •

Eu poderia ter ligado para ela quando ela foi embora.

Poderia ter aparecido na porta da sua casa com flores.

(Eu até sabia que flores ela gostava mais de receber.)
Mas,
de novo,
a descrença.
Você pode chamar de desmotivação, sei lá.
Não era que eu não a suportasse ou não suportasse o que estava acontecendo conosco.
Eu sentia pouca coisa em relação a isso, na verdade.
Preferia ficar na minha, fazer o mínimo de esforço.
Me fingir de morto.

•

Só que, às vezes, e bem às vezes mesmo, eu sentia algo de diferente.
Fora do comum.
Me dava vontade de fazer alguma coisa.
De reagir.
Era como um período no qual isso acontecia com maior frequência –
uma colheita.

• •

Uma boa vontade, coisa inexplicável, que surgia de dentro do meu ser e me inundava de... esperança? Paz? Certeza?
Como se eu pudesse enfrentar o mundo e ganhar dele.

Não era uma coisa bélica ou uma espécie de vingança. Acho que eu apenas me dava com a fé de que tudo iria conforme a minha vontade.

• •

Tenho que me lembrar dos motivos pelos quais estava fazendo aquilo.

Primeiro: não queria ir trabalhar mais longe.

Segundo: a demonete clamou pelo meu heroísmo, minha martirização, meu sacrifício.

Mas, como vocês já esperam, eu não fazia aquilo por ela.

Fazia por mim.

• •

Porém,
Entretanto,
Todavia,
se não tivesse todos os meus direitos garantidos,
teria de repensar.

• •

Ou não.

• •

Levanto-me devagar, como um gato de muita idade, em função de fazer suspense. Estava sentado com as pernas cruzadas, então, envergo meu corpo para ele, subindo para o lado esquerdo. O codorna me acompanha com os olhos, passivo, calado, atardado.

— E fui informado de que, saindo por esse motivo, contava como uma demissão por parte do banco sem justa causa.

Repito de propósito.

— Você pode pegar as suas coisas e ir embora.

Inclino-me para a frente.

— Se eu fosse você não faria isso.

— Garoto. — E seu tom de voz, final e longo, altera-se, depois de anos de sorrisos simulados. Senti como se estivesse num daqueles programas de terror infantis, no qual sempre soube que o sujeito virava um monstro com tentáculos e olhos amarelos, mas nunca tivesse provas para contar para ninguém e... bam! De repente tenho, e não sei mais o que fazer com elas.

— Você sabia que hoje você está sendo o assunto da agência? — digo. Nesse específico momento, eu paro de pensar. A raiva me domina. A energia. Sairia dali e iria para casa. Sairia dali com o meu dinheiro no bolso, dinheiro que era meu por direito. Do fundo de minhas entranhas, tinha uma luz ligada, uma luz que me fez dizer o que diria a seguir; coisa que, sinceramente, eu não faria num dia normal.

. .

Aquele não era um dia normal.

Era um dia de glória.

. .

— Parece que seus três capachos imbecis descobriram que você, além de ser um digníssimo filho da puta, é um ladrão. Você rouba parte da nossa participação pra lucros. — Sinto meu tom de voz levemente alterado, mas, por dentro, estou tremendo tanto quanto o Maracanã em final de campeonato.

— Ah, pronto. — E voltou a mirar o computador. — Mais um que vem me dizer isso. Sabe a graça, moleque? É que você já ia embora daqui com suas mãos praticamente abanando e, agora, vai ser mandado embora sem justa causa. Na verdade, eu deveria mesmo era ligar para a polícia. Isso é calúnia.

Não era por marxismo. Não era para que as demonetes, oh, coitada delas, levassem o ajuste correto. Não era por justiça. Não era pela verdade.

Não era nada disso.

Não, nada.

. .

— Ah, caramba. — E jogo meu corpo ainda mais pra frente, pegando uma batata frita sobre o seu joelho. — A pior parte é que eu poderia ser que nem você. Poderia pegar meu dinheiro e deixar rolar. Não estou nem aí, sabe. De verdade. Mas não. Você me força a vir aqui. A xingar você. A dizer que você é um merda. Não ouviu? Um merda. Um filho da puta que se aproveita da inocência dos outros pra fazer mais dinheiro. Caralho, você já não tem dinheiro não? Vai fazer o que com o meu? Embolsar? É pra que, isso? Eu sempre soube que você não prestava, mas precisava se rebaixar assim? O que é que custa?

– Seu...

Ele voa em cima de mim e me agarra pelo cangote da camisa social – listrada, por sinal.

Se fôssemos brigar até, não sei, cair na porrada, talvez eu ganhasse – era mais novo, mais alto, mais magro e, certamente, menos sedentário do que aquele pedação lamentável de gente que pousava na minha frente.

• •

Discovery Channel.
Vou apostar em mim mesmo.

• •

Num movimento rápido, mas, talvez, pouco inteligente, jogo o meu fino corpo contra o dele, colocando-o contra a parede. Pode ser que ele não esperasse por aquilo e por isso ficou um segundo sem reação.

Com isso, coloco-me de volta defronte à mesa.

Uma dica: se, algum dia, você for enfrentar um homem gordo, tenha certeza de que vai ser mais ágil que ele. De preferência, esconda-se, nem que seja parcialmente, atrás de grandes e pesados objetos, como móveis.

• •

Pego uma pequena e indefesa raposa de vidro.

. .

— Eu até sei para que você usa esse dinheiro sujo – digo. – Você acha que sou um idiota, mas, na verdade, eu só estava o tempo todo me perguntando "Como você fazia para comer sua mulher". Hoje, ainda por cima, as mulheres aí do lado estão falando que você esteve comendo a caixa, então, hum, ou você usa o dinheiro para impressionar alguma fêmea fácil dessas, ou só estava bancando o Viagra. E, tudo bem, você pode me agredir. Eu não tenho problema algum em passar um fim de semana com gelo na cara, sabendo que eu nunca mais vou ter que olhar para a sua. Só me dá a merda do dinheiro.

E jogo a raposa contra a parede.

E ela se espatifa em centenas de pedacinhos bem pequenos de vidro.

. . .

— Ou eu saio daqui falando num tom de voz um pouco alto sobre tudo o que ouvi hoje. Acho que eu estaria falando tão alto que os correntistas escutariam. Talvez a polícia viesse mesmo! Tem uma viatura aí na porta. Eu sou dado como maluco, surtado, paciente psiquiátrico. Mas não vai demorar muito para a verdade vir à tona e você vai sair muito mais fodido que eu. Você e sua mulher nem vão mais poder tomar aquele vinho que aquela velha que não mudou o nome ainda… como ela se chama? Em paz. Quer dizer, ela pode até estar em paz com o fato de você ser um canalha traidor que come a novinha do banco, mas vai ser uma merda fazer isso e não ter mais dinheiro nenhum, né?

•

E, numa braçada só, eu derrubo todos os animaizinhos de vidro no chão.

Michael Douglas.

• •

– Vou esperar meu depósito hoje ainda, junto com os papéis corretos, e fingir que nada aconteceu, porque me solidarizo com você. Sei que um dia também vou precisar de Viagra pra comer uma iludida com o meu dinheiro. Mas, como eu disse, só queria o justo. Acho que você entendeu a mensagem. – Meu braço dói, mas foda-se. – Seu merda.

E daquele momento em diante, eu passaria a sentir uma sensação que nunca antes havia sentido, ou, pelo menos, com tanta plenitude:

Eu venci.

Eu.

Venci.

Venci na vida.

• •

Certas coisas não têm preço.

• •

Sou um intocável.

Um paladino da justiça.

Um herói supremo.

Deviam tirar aquela desgraçada daquela santa empoeirada da mesa da caixa.

Deviam fazer estátuas minhas.

Santinhos.

• •

Melhor que Nilton Santos.

Jairzinho.

• •

Aliás, vamos falar de Botafogo.

Coisa amada.

Coisa mais linda.

• •

Eu e o Botafogo andamos juntos.

• •

Coisa de alma.

• •

Bastou que eu mandasse o codorna se foder para que o Botafogo também sentisse novos sopros de alegria e esperança.

Como um David que derrota Golias, eu botei o codorna no chinelo.

E o Botafogo? O Botafogo saiu do Maracanã, aquele carrossel flamenguista, e agora poderia ter uma casa só sua.

• •

O Botafogo era um grande patrimônio de minha vida.
Uma das coisas mais permanentes.
Provavelmente, a maior delas.

•

Não chamei a demonete, não. Sei que mulher não gosta de futebol.
Mulher é mesmo tudo igual.

• •

Juntei outras três cabeças botafoguenses, enchemos a cara de cerveja e ficamos por ali.
Que dia maravilhoso.

• •

O porra do Alex Dias marcou o primeiro gol do Engenhão.
É claro que ele não era do Botafogo.
Por que seria? Em que planeta?
E ainda diziam que quem levasse o jogo levava o Engenhão no bolso.

• •

Como o Botafogo, eu não esperava vencer o tempo todo.
Não.
Isso fazia com que todo o contexto do jogo fosse diferente.
Da derrota.
Da vitória.

Um botafoguense não cultiva esperança, tampouco está garantido de vencer. Entretanto, como o gato preto que cruza a estrada, ele acredita em sorte, azar, mudança de vento. Ele pode acreditar em forças que não enxerga. Ele não crê que ganhará o todo, mas acha que tudo pode se virar a seu favor.

Quando vence, ah, quando vence... Suspira aliviado e diz que, lá no fundo, sabia que venceria.

O Botafogo traduzia o que eu era, tantas e tantas vezes.

Ser botafoguense era para poucos.

• •

Mas Dodô estava lá.

Dodô, estrela do time.

Dodô fez dois.

O Botafogo venceu.

• •

Eu também venci.

• •

Desempregado.

Quer dizer. Desempregado, não. No meu caso, desocupado.

Admirador do dia.

Ex-friorento de escritório.

Ex-contínuo.

Eu venci.

• •

A semana tinha cinco dias corridos.

A parte boa de ser inverno era que eu podia ir de bicicleta e chegar sem uma gota sequer de suor.

• •

Não ligava, eu iria à praia mesmo que estivesse chovendo.

Ia mandar um *bodyboard*, sei lá.

Eu sou o melhor surfista da minha rua.

Vou entrar na aula de guitarra.

Vou montar uma banda.

Vou saltar de paraquedas.

• •

Sentia como se tudo fosse acessível.

O mundo abrira suas portas para mim.

• •

Na segunda-feira, chamei dois moleques que estudaram comigo.

Bebemos cerveja e fundamos o nosso clube,

o clube dos canalhas fodidos e mal pagos.

Nesse dia, eu nem me lembrei de que havia café no mundo.

• •

Fui embora só quando anoiteceu.

Andar de bicicleta bêbado é uma experiência transcendental, anotem.

Subir o Horto nas canelas nem doía mais.

Estava tão bêbado que decidi não ligar mesmo para os meus pais.

Respeito é bom e eles gostam,
imaginei.

• •

Na terça-feira, pelo contrário, decido ir à praia sozinho.

Caminho com pés descalços pela areia quente, sentindo cada partícula sob meus dedos, a cada passo mais frescas.

Alugo uma cadeira.

Sorrio para o cara que me alugou uma cadeira.

Não custa tratar os outros bem.

Leio um livro.

Boto os fones nos ouvidos.

Olho as bundas passando.

Aprecio um biscoito Globo.

• •

Na volta, passo na cachoeira.

Não ligo de subir mais.

Não ligo.

• •

Que momento.

• •

Quando você está feliz, ou pelo menos não está preocupado em se emputecer com nada, coisas engraçadas acontecem a você.

Você começa a reparar nas coisas, quase como se elas tivessem vida. Objetos, pessoas, situações – quase tudo fica curioso de se assistir, bonito de se ver, sei lá.

Reparei em uma parede verde-água, que era a minha cor favorita durante a infância, localizada na entrada de um prédio descendo o Horto. Talvez ela fosse recente e eu nunca tivesse reparado nela porque estava sempre muito ocupado em descer ou subir a ladeira com pressa, para arrancar que nem band-aid o fato de ter que fazer aquilo para trabalhar.

Contemplação.

. .

O inferno não existe.

. .

Eu tinha um apreço especial pela minha infância.

Talvez tenha sido o tempo no qual as coisas eram mais suaves para mim.

Durante a aurora de minha vida, eu pouco fiz além de estar em dois estados:

o de contemplação, no qual tudo parecia irresistível e deliciosamente digno de nota, fosse um inseto que passava pelos meus pés na rua, os dioramas que havia em minha casa ou os planetas da galáxia, e minha habilidade imaginária de vê-los a olho nu, sempre reafirmada por meu pai;

e o desespero para me divertir um pouco mais, sempre.

Me lembro de acordar cedo aos domingos só porque queria jogar mais um pouco de bola ou assistir mais um pouco de tevê. Dormir não era opção. Por que seria? Era uma tremenda perda de tempo.

• •

Eu tampouco compreendia porque os adultos dormiam tanto,
ou faziam questão de dormir tanto,
ou reclamavam tanto que não estavam dormindo.

•

Na quarta-feira choveu.
Por isso, em vez de ir à praia, decido comprar um carro.
Calma, tenham calma. Eu terei também.
Não fui *comprar* um carro.
Fui ver preço de carro,
só porque eu posso.
Só porque eu não tinha nada para fazer.
Nada para fazer e um FGTS tão gordo quanto o codorna para sair – assunto este que vou resolver hoje também, aliás.

• •

Sou um homem que resolve as coisas,
sou o homem que todos os homens deveriam ser.

•

Sim, eu tinha carteira de motorista. Tirei na época de universitário, em Niterói, quando passava mais tempo lá do que aqui.

Bons tempos, aqueles.

Vejo que minha vida não tinha sido, até hoje, apenas um imenso somatório de chatices excruciantes.

•

Não cheguei a comprar um carro por pura preguiça e falta de grana,

coisa que hoje em dia não é problema.

• •

Vendedor de carro.

Uma raça de gente peculiar.

Por associação, coloco junto com vendedor de seguro de vida e representante farmacêutico.

•

Me lembro de que, em plena quarta-feira, o Botafogo ganhou, que o Cesar Maia era botafoguense e que provavelmente o Engenhão seria mesmo nosso.

Isso me deixa ainda mais animado para qualquer coisa, tipo, dar entrada num carro.

• •

Na quinta-feira, após umas burocracias, espero a demonete depois do trabalho.

Não no Centro.

Não voltaria ao Centro no que dependesse de mim.

Bem, voltaria, porque as burocracias ainda não tinham chegado ao seu fim natural –

mas eu? Ir ao Centro?

. .

Não. Sou inteligente.

Chamo a demonete para beber uma cerveja no Baixo Gávea.

Ao terminar, ela estaria muito mais perto da minha casa do que da dela.

Ela me pediria para dormir no meu apartamento, sem graça.

Ou nem pediria. Eu mesmo ofereceria, de graça.

Ela diria que não teria roupas para ir trabalhar no dia seguinte,

que foi pega de surpresa.

Eu daria dinheiro para ela comprar uma roupa nova.

. .

Não tinha como não cair nessa.

Dito e feito.

. .

Só não queria que se repetisse muito, porque, se desse muito mole,

dali a pouco minha casa ia estar cheia de plantinhas e vidrinho no banheiro.

Mulher é mesmo tudo igual.

• •

Sexta-feira? Praia, bicicleta, falar besteira com os moleques, cumprimentar vendedor de coco, beber mais, mais, mais.
Rei da porra do mundo.

• •

No sábado, por engano, atendo a uma ligação da minha mãe.
Putz.

• •

Geralmente, os telefonemas passam pelo meu pai.
Aquele, não.
Filho, está sumido.
Oi, mãe. Tirei uns dias do banco.

• •

Decido não mentir, que mentir pra mãe é pecado.

• •

Mas você esqueceu que tem mãe? Eu hein. Stop, Salgadinho.
Desculpe, estava descansando.
(Estava nada. Estava enchendo a cara todo dia.)
Férias?
Férias.
Tá certo, meu filho.
E o jantar?

Que jantar?

Aquele a que eu não fui.

Ah, tudo bem. Sua irmã está animada porque parece que vão morar juntos.

• •

Animada? Animado, estava eu.

• •

Pelo menos sua voz está boazinha. Aconteceu alguma coisa com você?

Comigo? Não, nada.

III

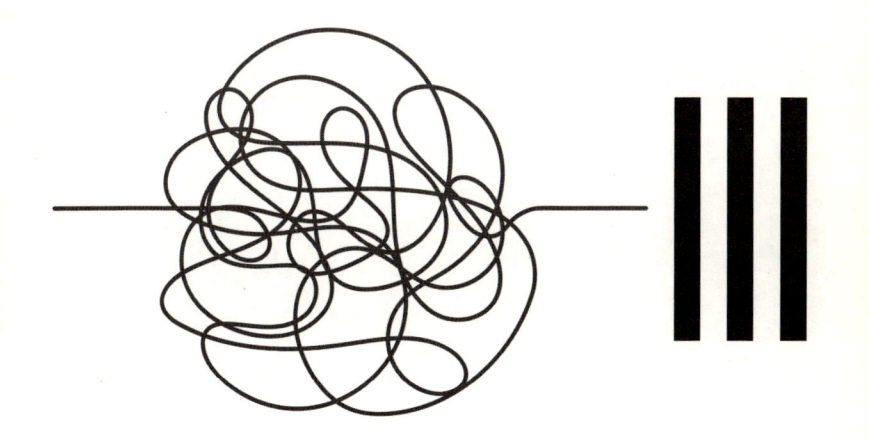

Cantos. Corredores.

Me deixem aqui. Me deixem aqui para morrer.

Quero olhar mais uma vez o meu celular, mas, sinceramente, tenho receio do que poderá haver na tela. Quero mais uma vez, mas, sinceramente, tenho receio. Minhas mãos suam. Era uma noite de frio, o tão rejeitado frio que faz por aqui. O suor se equivale a sangue pisado e já não vale de nada.

Deveria ter ido à casa de um amigo. É sexta-feira, a mesma que me acolhera com seus largos braços pela noite afora. Hoje, não sei dizer. O longo corredor que me traria ao bloco B de súbito me interrompeu o caminho. Não posso dizer que há culpa na mensagem que há pouco li no elevador – e, afinal, quantas mulheres pode um homem perder em um ano? Em uma década? Em uma vida? –, mas um desespero cortante me invadiu, e dele ainda não pude me livrar. Nem mesmo a lembrança da gramática de meu pai me impediu de abaixar ao chão, levar as mãos à cabeça e acariciar meus cabelos em tom de perda. Fico nessa situação por um tempo, que me pareceu estático, contado apenas pelas descidas e subidas do elevador, coisa que logo deixei de quantificar, ou tampouco qualificar pelo tamanho do som emitido. Na verdade, aos poucos fui deixando de saber o que estava fazendo ali.

Precisava chegar ao ponto de evitar que qualquer pensamento viesse até mim.

Sou interrompido por um elevador que chega ao andar em que eu estava. Escuto passos em minha direção – é preciso partir. Levanto-me como que num susto e consigo passar da porta da escada de incêndio silenciosamente.

Eu não posso ficar aqui.

Assim que eles passam, desço os oito andares. Espero que o porteiro não esteja na portaria e ensaio o que dizer a um velho conhecido.

Na verdade, não preciso disso. Nunca troquei mais palavras com este ou qualquer porteiro do que um mero boa-noite.

Sorte a minha. Ele não estava.

A mensagem dizia algo gritado, cujo conteúdo continha frases do tipo "Não precisa mais se preocupar em me ver". Não sei, só li uma vez. Se alguém me perguntar, não leria de novo. A grande verdade é que, novamente, como o contrário de uma novidade, uma mulher toma a iniciativa de terminar comigo – e que, muito provavelmente, sou mesmo um verme de marca maior, um canalha sem moral alguma, já que e decidiu terminar sem um telefonema sequer.

Estou esfregando minha testa. Gostaria de tirar o casaco, mas temo me arrepender depois. Temo me arrepender depois. Tento pensar em alguma insensatez que cometi nos últimos dias; não localizo nenhuma sequer. Talvez seja exatamente isso que a incomodasse. A ausência. Não nos falamos há dez dias. Será que ela iria querer a minha atenção? Seria ela tão diminuída a ponto disso? E eu, responderia? Seria do tamanho de sua pequenez?

• •

Acho que vou deixar passar.

•

Tomo-me por uma vontade plena e consciente de fumar um cigarro. A temperatura do ar está ideal e eu não poderia estar em um humor mais específico para tal. Reflito. Reflito, mas não por muito tempo.

O prazer que sinto ao reconhecer o calor do isqueiro da banca de jornal é inenarrável. Esse é um calor que vem da ponta dos meus dedos até minha boca, e tenho em meu paladar o gosto de algo que nunca esqueci. Nada é mais acertado, justo e correto.

A cada tragada sinto o peso dos problemas pairando sobre mim, indo e voltando. Admito que, às vezes, era bom ter problemas apenas para digeri-los enquanto fumava um solitário cigarro. Entretanto, não saberia exatamente quantos cigarros fumaria até resolver aquele problema, já que esse era um somatório de coisas, não um fato isolado.

Lembro-me bem do último cigarro que fumei; foi há mais ou menos um ano. Só que esse cigarro foi maior e mais doloroso, causado por ela, quando, finalmente, sua ausência pesou para mim. Se eu procurar, ainda acho uma meia dela no meu armário ou seu cheiro numa roupa de cama guardada. Ela ficou comigo por três anos, e depois, como todas as outras, decidiu partir sem me explicar o motivo. Eu fazia tudo por ela – pagava os jantares, viagens, blusas da liquidação. Ela deve ter gostado de mim, porque até tentar viver comigo ela tentou. Passei um bom período chegando em casa do trabalho e encontrando a cada dia algo novo que pertencia a ela: uma escova de dentes, uma muda de planta num vaso, um vidrinho no banheiro, um livro. Não sabia se isso era estranho ou normal; apesar disso, sentir-me invadido era um sentimento que outrora havia conhecido com a convivência com a minha mãe. Ela, por outro lado, sabia ser silenciosa e afastar-se quando me reconhecia irritado, sendo essas qualidades que eu sabia avaliar. Ela, muitas vezes, também reclamava de mim, do meu gosto por dormir em finais de semana ou humor pouco convidativo, mas, desde que o fizesse em baixos decibéis, não me incomodava por inteiro. Ela fazia planos e falava em filhos, mas eu, próximo ao primeiro quarto de século, não conseguia acompanhar nada do que dizia. Ela me olhava apaixonadamente quando acordávamos juntos, e eu respondia que a amava também, para não faltar com compaixão. Ela dizia que não, mas tinha ciúmes quando eu decidia ir ver o Botafogo em vez de levá-la ao cinema. Ela, esperta, tentou fazer alianças com a minha mãe e até mesmo com a minha irmã, pensando que assim me teria por inteiro –

mal sabia ela que nem eu era capaz de tanto.

A última situação que vivemos juntos antes do fatídico frigir – posso dizer isso? – dos ovos de codorna, foi um jantar em que ela, inadequada e inconveniente, disse à mesa, na casa dos meus pais, que já pensava em casamento. Olhei para baixo e ri, coisa que a incomodou – será que depois de três anos não havia entendido que aquele era o meu humor?

• •

Isso me rendeu duas horas ao telefone. Acho que mulheres gostam de falar, e só. Eu poderia me sujeitar a ouvir ou não. Daquela vez, me sujeitava até que sem problemas, porque vi que se incomodou com a minha reação e não mais dirigiu nenhuma palavra a mim durante todo o resto do jantar. Porém, nada a sossegava. Disse que comemoraríamos três anos de namoro naquela semana, mas que provavelmente não chegaríamos ao final daquela semana, porque eu era mesmo um filho da puta.

Melhor contínuo do que filho da puta, pensei.

Acho que eu gostava dela.

Nos meses seguintes fiquei tentando me livrar de todos os vasos de plantas sem flores que ela tinha deixado no basculante do meu banheiro. Ela tentou conversar comigo algumas vezes depois disso, mas, no geral, eu fiquei tão satisfeito em seu silêncio que qualquer palavra me denunciaria um retorno dela, e mais plantas sem flores. Decidi que estava cansado de me relacionar, dos planos e das invasões e que, por fim, eu ficava melhor sozinho.

Mas eu insisto.

Insisto em ter o pior do mundo.

• •

Meu cigarro estava chegando ao fim e decidi que aquele seria um perfeito momento para comprar um maço inteiro. O vendedor da banca de jornal me dá um sorriso, quase como se me conhecesse há anos. Não. Poucos carregam esse desprivilégio. O senhor me conhece há exatos nove minutos e meio, e volto aqui por puro desespero. O que mais poderia ser? O fumo causa câncer. Por que eu compraria outro maço depois de um ano inteiro se tudo o que ele me dá é câncer? É preciso muito desamparo.

É preciso muito desalento.

Para variar, não digo nada a ele. Apenas um grunhido e o dinheiro jogado sobre seu conjunto invejável de balas à venda.

Não dou sequer um obrigado.

• •

Mal-educado.
Incivilizado.

• •

Pudera, era difícil se manter bom depois daquilo.

Ao acender o segundo cigarro e rapidamente imaginar a trajetória da nicotina pelo meu corpo, começo a me recuperar. Por que diabos estou descontente por isso?

• •

Penso que as pessoas eram efêmeras; os cigarros, não.

• •

Em seguida, torno a piorar ao pensar o que realmente me melancolizava.

A demora do meu computador a ligar.

As filas.

O descompasso entre o ritmo do que eu pensava e o funcionamento real das coisas do mundo.

Como eu me sentia tão solitário de tempos em tempos.

As doenças e como elas nos corroem. O câncer na embalagem de cigarros.

A sensação de mortalidade.

A morte em si.

Chego à rápida conclusão de que ser despejado por mais uma criatura do sexo feminino me rende frustração. Talvez isso seja tudo.

Ah, mais uma coisa que me chateia de verdade: a sensação de não sentir nada por inteiro.

• •

Torno a esfregar meu cabelo, oleoso e crescido. Cruzo comigo mesmo à borda do espelho e não mais me pareço com aquele rapaz do banco, aquele, que jogava paciência enquanto o tempo não passava. Pareço-me com um náufrago, um desancorado, tanto na barba quanto na profunda desesperança. *Caralho*. Pai, me perdoe o palavrório, mas como vou fazer?

A verdade é que estive mandando currículos nos três recentes meses. Mandei tantos e num tamanho grau de desconforto que o último currículo que mandei foi para o banco. Lá, justo lá, onde, de alguma forma, fui abraçado e aceito. Aceito, não. Nunca me aceitaram. Não a mim. Mudei a ponto de me encaixar e engolir o que se passava. Mas é assim, não é? É assim que as coisas são, certo? Mudamos tanto para agradar a todo mundo que chegamos a nos esquecer de quem somos. E aí, quando estamos sozinhos, simplesmente seguimos fugindo, seja ao ligar a TV ou ao ler o jornal. Não nos aguentamos nem por um minuto.

Um minuto sequer.

E, agora, todos esses minutos se voltariam contra mim, como numa perfeita vingança. Nunca houve gostosinha do banco. Nunca houve férias. Nunca houve. Havia eu, iludido. E as ilusões não duram. Precisamos mudar para que elas durem. Logo a verdade me atingiria novamente e eu seria deixado ali, exatamente onde estava agora.

• •

A sensação de autoperdão chegava até mim como discretas ondas numa praia vazia, mas eu as condenava por inteiro.

Eu jamais passaria daquilo.

Eu não tinha inspiração, força, motivação para fazer qualquer outra coisa que fosse.

E hoje, para piorar, eu era um fraco e desmotivado homem sem emprego.

• •

Desço para a rua com a ideia de tomar um café.

Sou atingido por pensamentos de baixa regularidade financeira.

Terei dinheiro para pagar esse café? E os próximos cafés?

Era terça-feira.

E lá estava eu, em plena terça-feira, me perdoando novamente.

O perdão era algo baixo, insignificante. Eu precisava me perdoar para tomar um café. Um cortado, que fosse. Sim, porque um Nespresso não seria. Não sinto raiva. Não sinto raiva deles, eles, que ainda têm o que fazer. No máximo uma inveja, que não chega a ser emulação. Simplesmente admito a derrota. Abaixo a cabeça. Para pagar meu café, penso nele, o codorna.

Penso no que vou fazer.

É minha culpa.

Minha.

• •

Se não tivesse xingado o codorna de tantos nomes de baixo calão voltaria para o banco, como um cão com o rabo entre as pernas. Mas não, nem isso podia fazer. Além do mais, tropeçaria na minha mais nova mulher preterida, aquela com quem eu não mais poderia me encontrar. Meu Deus, eu me sentia cercado, perseguido. Todos reconheceriam em mim uma enorme falha. Ririam de mim.

Seria ridicularizado por aqueles que um dia ridicularizei.

• •

Pensava.

Pensava.

Pensava.

Estava no meu segundo café, com o coração repartido em três partes: uma parte pensava no bolso; a outra, na gastrite; a terceira, naquele problema que, para mim, simplesmente não tinha solução.

Ou evitava pensar em tudo isso, sei lá.

Recordo-me daquele cigarro que fumei enquanto pensava nela – e, que droga, ela mudava até de rosto? – e das dores da vida que me doíam mais do que aquele torpe momento. Lembrei-me das filas, do descompasso entre o ritmo do que eu pensava e o funcionamento real das coisas do mundo, como eu me sentia tão solitário de tempos em tempos, das doenças e como elas nos corroem, do câncer na embalagem de cigarros, da sensação de mortalidade, a morte em si.

Uma das irmãs da minha mãe morreu de câncer. Não lembro bem, eu era criança.

Lembro-me do cheiro que tinha o hospital, de como eu achava estranho que alguma mulher não tivesse cabelo, e do dia em que ela morreu. Acho que todo mundo já esperava algo assim. Era câncer de pulmão. O motivo: cigarros. Eram carteiras e mais carteiras noite adentro. Minha tia era dessas pessoas cuja voz era comprometida pelo vício. Fazia piadas. Todos gostavam dela. Não tinha filhos, dizia que dava muito trabalho. Trabalhava em empresa pública. Quantas pausas para fumar um cigarro ela deveria fazer por dia? Hoje em dia, eu penso. Nisso e em outras coisas. Sua casa tinha um cheiro tão forte que, em dada ocasião, um vizinho se mudou de apartamento só pela fetidez no hall dos elevadores. Ela não ligava. Acendia outro.

Diziam que era muito feliz.

Eu não achava. Mesmo moleque, achava que algo era estranho nela. Além da ausência de cabelo. Achava que ela era falsa, improcedente. Hoje, penso que era ela realmente infeliz. Quer dizer, ela se deixou consumir por um vício que a levou na casa dos quarenta anos de vida. Nenhum filho a enterrou. Sua mãe a enterrou. Minha mãe dizia que a pior dor era a de enterrar um filho, embora eu mal soubesse o que é dar descarga num peixe. A dor que eu sentia era ruim agora, imagine a de enterrar uma filha.

Por outro lado, morrer seria o fim das dores.

Calma.

É cedo para pensar em morte.

Mais um café, por favor.

É clara a associação que faço aqui: estou no meu terceiro café para não fumar um cigarro antes do meio-dia. Não tenho exatamente medo da morte, mas me exaure aquela ideia de que todos vão sofrer ao me ver definhar. É disto que me lembro: vezes e vezes sentindo cheiro de éter, sendo etiquetado na recepção, subindo o elevador que rangia; às vezes até o quarto, outras, até o CTI. Tomava grandes sustos quando as portas do elevador se abriam e eu via famílias inteiras chorando. Sou menino, detesto gente chorando. Mas o maior susto veio no dia em que ela morreu de fato. Além da grande consternação no hospital, foi o dia em que vi pela primeira vez um corpo. Um cadáver. Sei lá quem era, era um velho. Velho e morto. Frio. Seguia sozinho sobre uma maca, ele e o maqueiro. Sem família. Sabia que o velho estava lá, pois, na minha cabeça, seus pés eram azuis como o mar. Nenhuma família chorava em cortejo atrás dele. Uma curiosidade me atingiu e eu quis segui-lo até onde quer que ele fosse. Tinha lido numa *Superinteressante* que os corpos iam para o IML depois da morte, mas em todos os filmes americanos que eu vira até então eles ficavam num necrotério. Eu quis ir até o necrotério. Meu pai me repreendia e me dizia para fazer cara de triste para não chamar a atenção dos outros – mas logo você, impudico, que me ensinou a vida toda a não chorar?

Assim como hoje penso com dúvida sobre o café, pensei com dúvida sobre o que fazer naquele raro momento de catarse. Queria seguir o cadáver e, ao mesmo tempo, fugir da morte da minha tia. Não que me causasse sofrimento exatamente, mas o sofrimento de todos os outros me incomodava. Minha irmã nem chegou a ser levada ao hospital nesse dia, tampouco ela compareceu ao enterro.

É lógico que tudo só piorou depois disso. Eu não consegui seguir o velho morto. Pelo contrário, fiquei os três dias seguintes em contato direto com a morte de minha tia – caixão, enterro, cremação. Não teve IML. Não teve perícia. Houve minha avó chorando, e muito. Houve minha mãe engolindo o choro para não piorar tudo para a minha avó. E, de repente, eu me senti culpado por ter me interessado tanto pelo cadáver de outrem. Na verdade, eu mal sabia o que um cadáver significava.

Depois disso, tudo ficou numa espécie de névoa. Todos ficaram com medo de câncer, já que minha tia morrera tão precocemente. Houve uma revolução vegetariana em pleno 1996. Minha mãe deixou de comer carne e até hoje não sei bem o porquê. Virou consumidora assídua de revistas sobre receitas com legumes. Sem que eu tivesse que reclamar, até *Laços de família* foi, anos depois, banida lá em casa, quando Camila começou a vomitar demais. Tudo para mim soava como uma tragédia. Menino que era, fazia algumas perguntas, algumas mais ou menos estúpidas. Todas eram repreendidas duramente por meu pai, dizendo para "não falar do assunto" na frente da minha avó ou da minha mãe, ou da minha irmã. Ninguém falava sobre o assunto e a minha mórbida curiosidade só aumentava. Por que ela teve essa doença? Mais alguém vai ter isso? Se alguém fumar, imediatamente perderá os cabelos? Por que ela perdeu os cabelos? Era moda? Por que ela morreu tão nova? Todos não morrem velhos? Se ela morreu tão nova, todos vamos morrer? Como eu vou morrer? Por que o hospital cheira daquele jeito? São todos os hospitais que cheiram daquele jeito ou algum tem cheiro de, sei lá, gasolina? Eu preferiria gasolina, obrigado.

O sofrimento e a morte de minha tia estão relacionados com o meu sofrimento e a minha imensa perspectiva de vida, já que, pelo jeito, pé na bunda ou desemprego ainda não foram atualizados como estados terminais.

Hoje consigo ver que essa morte, assim como outras que a sucederam – talvez de pessoas menos próximas –, afetaram a minha visão da vida de uma maneira insólita. A cada um que morria, eu me sentia mais morto. Nunca houve uma visão de "ah, já que estou vivo, vou viver intensamente". Não. Cada morte me lembrava de que somos ridiculamente frágeis, tais como vermes. Isso me tirava o chão, me deixava sem palavras. A primeira morte que realmente me causou sofrimento foi de um colega da faculdade, em um acidente de carro. Ele tinha dezenove anos. Dezenove. Nos despedimos na sexta, marcando uma cerveja para a semana seguinte. Ele fazia Engenharia Naval. Tinha ido visitar sua família, que morava em Seropédica. Seu carro se chocou contra um ônibus no meio da noite. Ninguém no ônibus morreu. Ele dirigia sozinho e seu carro capotou na estrada até chegar a um rio. Levaram algumas horas para conseguir ajuda e, quando o encontraram, ele já não mais respirava. Cara. Eu tinha vinte anos quando passei por isso e é um sentimento do qual nunca mais me desprendi. A vida, essa coisa idiota que nós temos. Enterraram-no em Seropédica mesmo. Nunca mais ouvi falar de sua família ou coisa assim. Naquele momento, sofri por ele. Pensei no que ele deve ter pensando até que realmente morresse.

É difícil que eu sofra por alguém.

・ ・

Tento afastar toda aquela morte à minha volta. No poste da rua, "Jogo Búzios e Tarô". Tarô. Nunca joguei essa merda, mas sei que a carta da morte é meio que positiva, quer dizer mudança.

Tenho que parar com esse otimismo, isso é tão medíocre.

・ ・

Por mais que eu elaborasse planos de ação, me sentia completamente inútil. Planos de ação. Porra, eu nunca soube muito bem o que fazer. Tinha a sensação de que tudo na minha vida foi mais ou menos pré-fabricado. Moldado. Sugerido. Na hora de agir, o senso me fugia.

O problema não era exatamente estar desempregado. Era a sensação de mão na frente, outra atrás. Meu Deus. Eu largara a única certeza que tinha na vida, meu emprego. Não era o melhor emprego, mas era meu. Me sentia burro, muito burro. Uma verdadeira toupeira. Tudo aquilo em nome de quê? De uma praia miserável? De que adiantaria, se na praia eu também não teria paz? Tudo aquilo em nome de quê? Da demonete? Ela que se fodesse. Tudo aquilo em nome de quê? Pinimba com o codorna?

Eles tiraram tudo de mim.

· ·

Não.

· ·

Eu mesmo tirei.

· ·

Não há nenhum lugar dentro de minha cabeça que afirme que isso é culpa dos outros a não ser minha.

Não era dinheiro.

Bom, até era.

Mas era mais do que dinheiro.

Era o meu amor-próprio.

Aquele que joguei no lixo ao xingar o codorna. Coitado. Ele até devia ser um cara maneiro. Todos deviam ser pessoas boas.

Deviam ser filhos ou pais de alguém. Eu deveria ter passado menos tempo amaldiçoando a todos e aproveitando enquanto eu não era coroado o maior imbecil da história deste país.

• •

Será que, se eu bebesse, ia ter alguma grande ideia? Eu me sentia bem melhor bêbado do que sóbrio. Poderoso. Campeão. Em poucas vezes me senti tão bem sóbrio quanto ébrio.

• •

Penso em ligar para alguém. Alguém para encher a cara comigo. Quem seria? Meus amigos estavam putos justamente porque eu bebia demais e arrumava confusão. Preciso pensar. Além do mais, tem algo bem mais sério. Tenho medo de beber e confessar que sou um merda, um fracassado. Não. As pessoas têm que pensar bem de mim. Eu não posso falhar. Não mais. Não posso falhar contando que já falhei. Aliás, coisa séria – tem meses que não falo direito com meus pais. Quem dirá pedir ajuda, indicação, dinheiro.

Que rechaço.

Que vergonha.

De existir, sei lá.

• •

No momento, sou um homem acuado. Sou um país sob estado de bombardeio, esperando o que há por vir. Temo ouvir o telefone tocando, ele só poderia me trazer notícias ruins.

• •

Termino sozinho na Lapa, acompanhado de uma amiga garrafa. Ela, sim, me consola, me afaga, me ama, me devolve todas as expectativas.

• •

Tudo o que não fiz vira sonho.
Com o tempo, já não sonho mais.

• •

Há uma linha tênue entre meu estado físico e psicológico. Talvez não esteja dormindo o suficiente. Comendo o suficiente. Ao mesmo tempo, é notório que não estou bem. De forma alguma.
Tudo o que outrora deixei de fazer já não importa.
Se não importa, é como se não existisse.
Se não fiz, não há memória.
Se não sonhei, não foi nem poeira.

• •

Sei lá quanto tempo sem demonete ou qualquer outra representação feminina relevante. Quatro meses sem emprego.

• •

Não que eu não quisesse um emprego, não me entendam mal. Eu queria. Eu queria ganhar dinheiro, ter uma rotina, ter o que dizer quando me perguntavam a respeito. Queria poder arrumar meu cabelo e me parecer com a sombra do que fora um dia, nem há tanto tempo assim. Mas simplesmente algo dentro de mim não deixa que nada disso se realize. Mandei currículos. Muitos anos de banco. Faculdade pública. Eu era bom. Devia ser. Achei que seria. Inclusive, fui a vários processos seletivos, mas aqueles RHs me davam vontade de desistir de tudo. Eu não conseguia sorrir como eles. Eu jamais conseguiria gozar daquela alegria. Os outros candidatos iam arrumados, com sapatos novos. Eu usava meu sapato velho. Na hora de responder às suas perguntas, uma voz vazia entoava aqueles cânticos do nada. "Mas por que você saiu do seu emprego?" – a cada vez que ouvia isso, eu tentava elaborar uma resposta diferente. Nada nunca saiu do jeito que eu queria. Eu era apenas alguém que mentia, mentia, mesmo sem saber mentir.

O rosto não esconde.

Tá na cara.

A cada derrota de entrevista de emprego eu tentava, no ônibus para casa, pensar no que havia dado errado. O que poderia ser? O que eu poderia tentar fazer para que aquilo não fosse mais tão na cara? Não era que houvesse poucas vagas, ou poucos bancos. Era que havia pouco homem dentro do homem que eu era.

A cada ligação dos meus pais, desespero. No começo, eu não dizia nada. Falava que estava tudo bem. Mentir por telefone era mais fácil. Dizia que estava trabalhando bastante, e só. E só. Com o tempo, fui deixando de ligar às segundas. Ou em qualquer outro dia. Todos eram igualmente torturantes. Em seguida, deixando de responder às ligações caso eu não ligasse. Ainda depois, não atendia e pronto. Nada a declarar. Um dia, minha irmã ligou, querendo saber por que diabos o irmão não dirigia um vocábulo sequer à família. Esporro. Falou que mãe é só uma.

É só uma.

• •

Eu tinha coisas marcadas. Coisas de rua, com pessoas. Compromissos. Mas não tinha motivação para mais nada. Ia desmarcando tudo. Parecia que havia uma barreira entre o que eu pretendia fazer e o que efetivamente poderia fazer. Já não atendia a telefonemas de conhecidos. Já não queria mais sair de casa. A ladeira onde eu me encontrava tornou-se uma selva escura e impenetrável. Já não sentia muita coisa, apesar de saber que o que eu sentia não poderia de forma alguma ser bom.

Me sentia cansado, muito embora sem algum motivo para tal.

Havia dias com três, quatro coisas marcadas. Até aquelas bobagens que fazemos – ir ao mercado, banco, qualquer atividade do tipo. E ao fim de cada dia, via como tudo se desfazia como a espuma de uma onda. Até ficar em casa era desconfortável, desagradável. Lia cinco ou seis páginas de um livro e logo voltava a contar os tacos de madeira no chão. Pensava em sair e me divertir – me divertir? É terrível se divertir quando você não quer se divertir.

É morte lenta.

Ler era uma atividade da qual eu gostava e que, obviamente, fez parte da minha vida, já que meu pai era professor. Apesar disso, me dava enorme angústia. Logo depois de umas cinco ou seis páginas, eu começava a ficar abalado, a querer saber que horas eram ou há quanto tempo eu estava ali. Sempre que começava um livro, colocava no seu prefácio, a lápis, o início de sua leitura. Inclusive, eu era o tipo de gente que usava as abas de um livro como marca-páginas, quase como quem põe ketchup na pizza ou corta macarrão. Ué. Foda-se. Não ligava para o que os fãs de livros, de macarrão e de pizza pensavam. Para mim, chegar ao final de um livro era uma grande vitória.

• •

A primeira medida foi desistir do carro.
É.
Devolver.
Aquele que eu tanto tinha planejado, mas ainda não tinha chegado a pagar a entrada.
Liguei para a concessionária e, novamente por telefone, me saí um pouco melhor na mentira – disse que ia me mudar para outro país porque a empresa estava de mudanças e que não poderia ficar com o carro. De alguma forma, o vendedor acreditou.

• •

Eu, logo eu, o senhor bem-sucedido.
O jovem próspero.
Suntuoso e opulento.
Líder da tribo.
E assim me livrei de alguns milhares de dívida.
Voltei a ser um pobre-diabo que andava de metrô ou de ônibus.
Mal sabia que era apenas o primeiro círculo do inferno.

• •

Fiquei numa espécie de estado de suspensão, desmemória. Eu não me reconhecia mais. Eu não me reconhecia mais. Evitava a todos, sem exceção. Como dizer a eles que eu era um merda? Era como viver com algo que não poderia ser dito, embora estivesse escancarado. Eu sentia como se pudesse decepcionar a todos, fazendo o contrário do que esperavam de mim. Com a manutenção disso, fui sentindo que nada mais me faria feliz. Nem se eu arrumasse um emprego, uma mulher, um carro da melhor qualidade. Eu já não mais acreditava que me livraria daquilo. Se um dia assumi querer voltar "ao normal", já não mais devia querer, porque nem a normalidade poderia me trazer de volta. Eu sentia um pesar relacionado ao passado, mas qualquer coisa para o presente ou futuro me afligia.

Logo eu, que me julgava um sujeito despreocupado.

Não que eu tivesse tudo. Nunca tive. Nunca fui um tipinho feliz, bobo alegre. Sempre fui esse sujeito meio antipático, azedo. Mas eu tinha o meu valor e conseguia fazer as coisas. Nesse meio-tempo, eu já não sabia mais como fazê-las. Minha vida virou um imenso estar-em-casa, combinado com tédio, preocupação, paranoia. Não queria que ninguém me visse ou descobrisse o estado vexatório no qual eu estava. Até encontrar ex-clientes do banco me dava arrepios. Eu evitava estar no Centro. Sei que evitava antes, mas agora, por motivos de fuga.

Não. Sempre foi fuga.

Agora é por vergonha.

• •

Apesar disso, as contas continuavam chegando. Com regularidade.

Foi até bom cortar a conta de telefone – não receber ligações de familiares era superior àquela teórica ligação de emprego, aquela tão ilusória quanto a minha própria vida em seus bons momentos.

• •

Fui me tornando obsessivo com economia doméstica. Graduado. Mestre. Doutor. Não era apenas trancar a porta duas vezes antes de ir dormir. Passou a ser uma conferência rigorosa sobre tomadas, torneiras, interruptores. Meu gozo era ver que os gastos diminuíam; com o tempo, fui ficando ansioso pelo dia do mês em que as contas chegavam. Este ficou contando como um prazer.

Como nem tudo são flores, fui moral e financeiramente obrigado a cortar a TV a cabo. A programação da minha televisão passou a ser Jô Soares ou aqueles canais abertos, evangélicos. Assistia às pregações como outra forma de diversão, regozijando o sofrimento alheio, problemas com drogas, famílias destruídas pelo adultério, qualquer coisa que me parecesse pior do que o que eu vivia.

• •

Também lamentava muito não acompanhar de perto o Botafogo, que, estranhamente, ia melhor do que eu naquele momento. Meu amor pelo time era inversamente proporcional à boa vontade da Rede Globo em transmitir os seus jogos.

Como um velho, eu ouvia tudo pelo rádio.

Meu avô se orgulharia.

• •

Apesar de tudo, cortar o contato com todos era impossível. Assim sendo, minha política era a de chamar o mínimo de atenção possível para o que estava vivendo, então, simplesmente omitia tanto quanto conseguia.

Mesa armada. O cheiro típico da comida de minha mãe me lembrava do objetivo da comilança, e eu não sabia direito se me vinha mais uma memória antiga do olfato da infância ou de como aquilo se tornara incômodo com os anos. À vista, seis pratos na mesa.

Poderiam ser sete.

Mortos não comem.

• •

Os já presentes se dividiam em falar das mesmas coisas de sempre.

Definitivamente, era melhor me ocupar com algo do que seria se alguém puxasse assunto. Quer dizer, o que fizera de bom desde a última vez em que nos vimos. Vou para a cozinha e faço o mesmo percurso quantas vezes fossem necessárias, como um tigre cego e enjaulado.

Porém, era inevitável. Por mais que desse voltas pela casa para pegar algo aparentemente esquecido ou fosse duas ou três vezes ao banheiro só para lavar as mãos, chegava sempre uma dada hora em que todos estavam à mesa, espreitando-se frente a frente tal como íntimos inimigos.

Minha avó quebra o silêncio.

Minha avó. Mulher de fibra. Resiliente. Em vinte anos, enterrou o marido e a filha mais velha. Em trinta anos, pelo contrário, presenciou o nascimento de dois netos. Costurava para abater o tédio da aposentadoria. Fazia hidroginástica pelas manhãs e compras no mercado na volta para casa. Ao contrário de todas as outras avós do mundo, fazia péssimos bolos. Seu empadão me agradava. Não falava de política. Não falava de futebol. Soltava uma ou duas piadas, todas educadas, sobre animais ou coisas que nem passavam perto do politicamente incorreto. Todas bem-vindas por quem as ouvisse. Tinha uma doçura típica de quem voltou da guerra – aquela que surge por falta de opção. Sorria e atestava tudo. Não brigava. Não falava palavrões. Olhava nos olhos de minha mãe como quem via Jesus Cristo.

Acho que ela pensava que éramos o que restava.

– Então, queridos – disse com sua voz doce. – Vamos... rezar antes de comer?

Eu gostava de quando rezavam. Gostava porque era um assunto completamente fora da raia, alheio. Não se falava mal de ninguém, não se perguntava nada. Uma inocente reza para iniciar aquele almoço de aniversário. Minha avó completava seus 79 anos e minha mãe se agarrava a sua presença como se sua vida dependesse disso.

Eu não rezava. Fechava os olhos e contava até cem.

Se demorasse mais que isso, contava ao contrário.

Os almoços com meus pais costumavam ser indefesos. Geralmente, era só questão de minha irmã abrir a boca. Acompanhada do brutamontes, isso se tornou ainda mais simples – o porco gostava de falar de si. Insegurança, eu acho. Ou talvez ele achasse vantajoso estar naquela família. Não sei dizer. Talvez, aos 30, eu também sinta uma necessidade picareta de me sentir parte de alguma outra coisa que não a minha própria horda.

Por enquanto, eu comia.

Comia, inclusive, porque não sabia exatamente quando iria comer bem de novo.

O preço de comer bem, agora, era estar em contato com a minha família.

•

O velho preço das coisas.

Tudo tem preço.

• •

Nas vacas magras, fui aos poucos me identificando com um tipo cleptomaníaco. Pegava pequenas coisas de seus lugares originais. Logicamente, fazia isso de forma discreta, prudente. Meu objetivo não era ser pego. Preso. Era apenas manter minha economia funcionando. Assim sendo, a cada vez que fui à casa dos meus pais, restaurantes, estabelecimentos comerciais ou quaisquer outros locais de livre acesso solitário, eu coletei algo.

Para o meu lar. Para a minha sobrevivência.

Coisas pequenas.

Coisas que faziam falta para mim.

Pó de café, sachês de açúcar ou sal, guardanapos, copos descartáveis, balas, sabonetes. Um copo de detergente, de sabão para roupas. Virei aquele tipo de pessoa que espera as amostras grátis no supermercado num dia de fome.

Entendam, não que eu passasse fome. Não estava nesse ponto ainda. Mas a economia me pedia gentilmente para aguentar a fome e não comer até que a gastrite apertasse.

Confesso que, como um rato, visitei minha avó algumas vezes e coletei coisas da casa dela, sob a desculpa de que ela não perceberia.

• •

Sempre me senti um merda. É que, com o tempo, fui me portando mais adequadamente como tal.

O inferno sou eu.

• •

A próxima etapa foi abrir mão da faxineira.

Sei que os japoneses cuidam das próprias casas, que um europeu médio morrerá sem que outro ser humano jamais se aproxime de sua latrina. Mas, para alguém como eu, viver longe do ferro de passar da mãe já poderia ser considerado uma aventura de marca maior. Na realidade, eu não questionava a profissão da faxineira ou qualquer coisa dessa ordem; perguntava-me, sim, por que é que minha mãe nunca teve um emprego.

Como muito devia acontecer aos casais ordinários de antigamente, meus pais se conheceram ainda na escola. Na flor da idade dos seus 18 anos, minha mãe foi à festa que aconteceu quando meu pai entrou para o Exército. Tiveram um namoro de portão que durou alguns anos, até que se casaram. Àquela altura do campeonato, meu pai já ganhava o suficiente nas Forças Armadas para sustentar uma casa – pronto, uma receita de bolo para uma perfeita família de classe média. Logo minha mãe estava grávida de mim; o resto é historinha.

Não sei exatamente o motivo pelo qual minha mãe nunca trabalhou. Sei que minha avó também não trabalhava oficialmente. Tinha não muito além de uma função de costureira de bairro, remendando bainhas por uns trocados durante a semana. Eram gente muito simples. Minha mãe provavelmente ia pelo mesmo caminho se não tivesse se casado tão cedo.

A família começou a se civilizar depois do acidente do meu pai, após oito anos de Exército.

Adoraria dizer que meu pai era um herói de guerra, um veterano, colecionador de histórias. Não. Meu pai não era nada. Teve um acidente quando dirigia um caminhão a trabalho; invalidou-se. Sua frustração reverberou em todos ao seu redor. O homem que desconhecia o medo passou a ficar preso num corpo cujo aleijão não possuía data de validade. A agilidade de terceiro-sargento deu lugar a uma perna que se arrastaria por sua vida inteira. Sobrou uma alma de raiva, desilusão, desapontamento.

E minha mãe, sob a desculpa de ser casada com homem do Exército, sob a desculpa de ter dois filhos pequenos, sob a desculpa de não ter graduação ou nada do tipo, ganhou mais uma medalha: a de cuidadora de inválido.

Não saberia o que dizer sobre minha mãe. Talvez não soubesse o que dizer de alguém com tamanha falta de opinião, julgamento. Minha mãe era a sombra de cada um de nós. Nunca fez nada, nunca faria. Era triste perceber o quanto ela não se importava com viver daquela maneira, como se sua própria vida não valesse nada. Sempre fazia o que todos queriam. Uma perfeita servente, gueixa. O que ela quereria? O que ela poderia querer? Não era possível que uma pessoa só quisesse a alegria dos filhos, e só. Eu tinha raiva dela. Não dela, mas de toda a sua subserviência e passividade. Queria que todos nós desaparecêssemos por um dia, uma semana ou mês. O que ela faria? E se ela tivesse essa oportunidade?

Crescendo à sombra da sombra, não aprendi nada. Fui lavar uma panela pela primeira vez durante a faculdade. Passei a dominar incontáveis truques domésticos desde que me vi totalmente sozinho. Recomendo. Porém, havia coisas que eu simplesmente não conseguia fazer. Por mais que minha casa fosse pequena, eu precisava que alguém fizesse alguma espécie de papel como o da minha mãe por algumas horas, uma ou duas vezes por semana.

Nesses quatro meses, me vi na situação de abandonar esse pequeno fragmento de luxo.

Mais panelas. Roupas para lavar. Roupas para pendurar. Roupas para guardar e começar tudo de novo. Cozinhar. Como fazia isso? Eu comia todos os dias no Centro. Os cantos cheios de cutão. As coisas passaram a se acumular, umas por cima das outras. A casa já não cheirava tão bem. Tudo foi acumulando poeira, como se o cuidado tivesse virado história.

No fim das contas, descubro que tudo era questão de motivação. Motivação que eu já não sabia o que significava. Cansaço. Acordava todas as manhãs, olhava para toda a bagunça acumulada e não conseguia mover um dedo para melhorar nada. Não achava que faria tanta diferença. Talvez fizesse. Mas eu não conseguia. Tumulto, desalinho, mixórdia.

Lixo.

Lixo.

• •

Isso alimentava retroativamente a ausência de vontade de ver alguém. Sinto que isso até poderia me fazer bem, mas, sinceramente, qualquer contato que eu podia imaginar me provocava mais cansaço. Se eu vivia no alto de uma ladeira, agora sentia como se vivesse num forte sob guerra. Tornei-me um ermitão incomunicável. Avisei ao porteiro para que não deixasse ninguém subir nem mesmo saber da minha estranha rotina. Ninguém poderia saber o tamanho do rombo que a anarquia está deixando em mim, sobre mim, dentro de mim. Meus dias já não existem. Eu durmo e acordo, e só.

Acordar é a única certeza, embora não a mais feliz.

• •

Contava as aranhas do teto. Inquilinas. Gratuitas. Às vezes, percebia que elas estavam prestes a pegar um inseto para comer; vibrava com elas, como se aquela fosse a minha janta.

• •

Certo dia, deparei-me com um rato.

Foi uma situação muito estranha e peculiar. Lembro-me de meu pai, que durante a minha infância me ameaçava ao perguntar se eu era um homem ou um rato. Oras! – Sou um homem! Sou forte, corajoso, inteligente. Nada como um rato! – Assim eu respondia. E tal resposta satisfazia meu pai. Decorei-a. O mesmo diálogo pronto foi reusado vezes e vezes na minha adolescência e até na idade adulta, como uma espécie de piada interna.

Quando vi um rato, tudo mudou.

Como quem encara uma naja nos olhos, não soube o que fazer. Fiquei mistificado e impotente diante de tal criatura que, sinceramente, não parecia querer o meu mal, porém não seria capaz de saber o mal que me causou.

• •

Já há dias tinha percebido um movimento estranho sob o sofá da sala. As pontas de caixas roídas. Mas nada havia me preparado para ver um rato no meu próprio leito. Como era uma poderosa criatura. Astuta, rápida, audaz. Eu não teria habilidade para pegá-lo. Como faria? Vassourada? Chinelada? Tudo bem com as baratas, mas aquele rato estava bem acima de mim na hierarquia da vida. Brevemente, pude me lembrar dos avisos do meu tio – "quem mora na floresta vive uma aventura todo dia". Tudo era verdade. E ali, naquele momento, eu era um homem, porque o rato era muito melhor do que eu jamais poderia ser. Pior, ele era exatamente como eu em alguns aspectos. Covarde, sujo, abjeto. Eu era aquele rato, mas, ao mesmo tempo, era inferior a ele.

Quando me mexi, o rato correu e desapareceu novamente. Meu Deus. Eu nunca o pegaria. A minha vontade era de incinerar a casa toda, mas me deu preguiça. Mesmo se tivesse a cabeça do rato na minha bandeja, eu teria o imenso trabalho de limpar tudo depois. Fui vencido. Derrotado.

O rato tinha a minha cabeça na bandeja dele.

• •

Depois daquele episódio, decidi que deveria vender coisas que eu tinha. Fazer um dinheiro, sei lá. No início, era o superficial: vendi almofadas, roupas que não usava mais, uns filmes velhos. A cada item vendido, eu me sentia surpreendentemente mais leve, como se fossem eles que pesassem dentro de mim. Entretanto, o peso sempre volta; comecei a vender efetivamente móveis, como um homem prestes a entregar sua casa para pegar o primeiro pau de arara. Vendi cadeiras, mesa, sofá. De repente, eu estava numa casa tão vazia que podia até ter a ilusão de conversar com alguém quando os ecos ressoavam. Só não vendi meus livros, uma luminária, meu computador, meu colchão e meu rádio a pilha, que servia única e exclusivamente ao propósito de ouvir o Botafogo.

Estava vivendo sob meu próprio cativeiro.

∙ ∙

As entrevistas continuavam, embora cada vez menos eu pudesse ter sucesso. Estava magro de tanto andar e não comer. Acho que a ausência de comida me deixava anêmico, que me deixava fraco, que me deixava sem energia para nada.

Sem forças.

Sem forças para lutar.

Pegar ônibus virou um troço caro. Metrô era um luxo de primeiro mundo. Vagava muito pela cidade, procurando não sei o quê. Talvez matar todo aquele tempo livre, tentar buscar alguma inspiração para seguir. Volta e meia aparecia uma entrevista de emprego, mas eu já fazia uma espécie de aposta negativa – quão facilmente vou perder? Um dia, um desses carinhas do RH até me disse para tirar a barba "porque estava fora da moda". Tive vontade de pedir para ele pagar minha conta de luz, dois meses atrasada, mas fiquei quieto.

∙ ∙

Fazendo parte daquela onda sem graça de sensações que eu jamais sentira antes, me chegou o medo. Medo. Não sabia bem de que, mas ele também me paralisava. Era diferente do receio, da precaução. O medo me consumia, me atava. Fui criando medo de coisas que só minha mãe pensaria. Desenvolvo uma insegurança de sair de casa, como se morasse num verdadeiro bunker. Ouvia no rádio notícias de assaltos, roubos, sequestros, assassinatos à queima-roupa. Era desagradável porque, quando não estava pensando que tudo aquilo poderia chegar até mim, pensava que poderia chegar aos outros. Sonho que meu manco pai é roubado e fica no meio da rua, gritando e sangrando sem ajuda.

Eu nunca fui vítima de nada disso. Mas, agora, sou, a cada piscar de olhos na minha imaginação.

• •

Do meu insano coração saíam faíscas de humanidade e cuidado. Sempre que pegava um ônibus ou metrô fazia questão de não me sentar e de indicar os lugares para velhos e grávidas. Era nesse momento que eu tratava certas pessoas da melhor forma possível –

talvez eu precisasse delas.

Desconhecidas, caridosas. Uma mão estranha me alcançava nos meus sonhos e me perguntava o que estava acontecendo comigo.

• •

Talvez eu precisasse delas.

• •

Foi como certa vez que, vagando pelas ruas, vi num outdoor o nome de um cara que se formou comigo. Ele estava fazendo propaganda de sei-lá-o-quê, não importa. Mas ver o rosto de alguém conhecido sob tanto mérito e sucesso me causou um grande estranhamento. Onde estaria aquela gente? Sabia de dois ou três amigos mais próximos; um deles até tinha se casado e tido um filho, o João. Mas e agora – e o resto de todos aqueles rostos com quem dividi anos da minha vida? Era uma obrigação virar adulto e parar de falar com todo mundo?

Onde estariam os outros?

Onde estariam os outros?

• •

Entrei no banco. Aquele era o único vínculo com o emprego que tive por tantos anos. Felizmente, não era da mesma agência na qual havia trabalhado, mas o cheiro do produto usado no ar-condicionado era exatamente o mesmo – o que tornava cada entrada naquele local um pouco dolorosa e desconfortável.

Já estava no caixa eletrônico quando meu olhar cruzou com o dela. Não houve como evitar, fugir, dizer que não. Estávamos a poucos metros um do outro.

Por um milésimo de segundo, me senti salvo. Absolvido. Apesar de burra, a demonete parecia ser uma criatura cuidadosa e boa. Imaginei que ela me levaria para sua casa, me deixaria tomar banho com algo além de sabão de coco. Conversaríamos, ela me levaria para almoçar, e daquele almoço eu nunca mais me esqueceria, tamanha a minha inanição. Eu dormiria numa casa mobiliada e acordaria com um sorriso conhecido. Ela faria algumas manobras e me colocaria de volta para trabalhar no banco, de onde eu nunca deveria ter saído – tudo se resolveria. Tudo.

Eu estava salvo. Grato.

– Jesus Cristo, o que aconteceu com você?!

Sou bem recebido, com interesse e disponibilidade. Tudo daria certo.

– Tudo isso só por que eu terminei com você?

• •

Esqueça tudo o que pensei.

• •

– Olha, eu virei ciclista profissional.
– Você o quê?
– Nada. Esqueça, ok? Boa tarde.
Ela vem atrás de mim.
– Eu estava só brincando. É que nunca mais ouvi falar de você.
– É, estou em outras.
– Tá trabalhando? Eu estou aqui a trabalho, já volto para o Centro... Mas pelo jeito é lindo ter tempo livre, né?

Me sinto num momento de divisão de águas. Poderia simplesmente dizer "tudo bem", como vinha fazendo havia tantas semanas. Porém, nela eu vi uma janela de honestidade da falha. Com ela, eu poderia sair da minha covardia e assumir o que estava passando. Já não tinha muito a perder.

Vamos ver o que acontece.

– É, não deu certo. Não achei nada ainda.
– É mesmo? Tão rápido? Achei que você tinha ficado tão empolgado naquele começo.
– Pois é.

— E agora, o que você tem feito? Pela barba, nada de banco nunca mais, né?

— Apesar de parecer engraçado, não é exatamente uma piada – respondo num tom sério.

Ela me encara e desmonta sua postura arrogante. Seu rosto se enverga levemente para o lado esquerdo.

— E o que você tem feito? Para viver, sei lá?

— Para ser honesto, eu tenho vivido bem sozinho. Tento arrumar emprego, mas acho que não estou exatamente no clima.

Ela continua me fitando, entre a preocupação e a pena.

— Mas não se preocupe, não é sua culpa – falo.

— Eu sei que não é minha culpa. Você saiu do banco porque quis. Mas não se preocupe. Sei como você é adaptado ao trabalho. Até hoje falamos de você no banco.

— É? O que dizem?

— Que sentimos falta do seu silêncio. Agora, a qualquer brecha, estamos conversando e rindo... Nem pega bem.

— Quer dizer que eu levava um clima de funeral à coisa, é?

— Não – responde ela, rindo. – Só era muito mais sério que todo mundo.

— E isso é bom?

— Para a nossa área, é.

— Não, digo, não para a nossa área. Isso é bom num geral?

— Você está bem? Sei lá, parece carente. Você nunca me perguntou nada sobre você mesmo antes.

Não sei o que responder.

— Vamos fazer assim? Estou atrasada para voltar pro banco. Vou falar pro chefe que você está buscando reposicionamento no mercado. Se ele te ligar, jura que vai cortar essa barba?

— Reposicionamento no mercado. Parece até bom.

— Jura?

— Tudo bem. Estou com ela por preguiça de pensar nela todos os dias.

— Mas não se esqueça que nenhum chefe quer um barbudo. E nem uma mulher.

— Ué, mas, quando terminamos, eu não tinha essa barba toda ainda.

• •

Mulher é mesmo tudo igual.

• •

Não preciso dizer que o codorna não ligou.

Nem ela. Se não me queria sem barba, imagine com barba?

Mulher é mesmo tudo igual.

• •

Por fim, enfrento o problema da ausência de luz elétrica, e confesso que estava sem alguma vontade de matar uma baleia ou coisa do tipo. Trocava as lâmpadas que queimavam por lâmpadas da minha própria casa. Se outrora tinha uns oito pontos de luz, eles foram diminuindo como numa contagem regressiva. Acabei com apenas uma lâmpada, aquela que não poderia deixar de existir – ficava no centro da casa, no pequeno corredor entre a sala, meu quarto, cozinha e banheiro.

Por fim, como num conto bíblico de mau gosto, Deus desfez a luz.

• •

Os pássaros da manhã. Aqueles que me soavam pantufos agora me deixam com saudade, amargura. Não há pássaros onde estou agora. Há gente, carros, barulhos. Pássaros, não. Os pássaros cantavam pela manhã, e era só o que eu presenciava. Agora, o barulho está em toda a parte. Escuto portas batendo. Gritarias. Já não me irrito. Às vezes, chegava até a me assustar. Às vezes, estou preso em meu silêncio; e, então, ele é quebrado com sons pavorosos, bisonhos. É como num pesadelo.

Já não sonho mais.

• •

Como numa roleta russa sem alguma ternura, perguntava-me quando e como aquela situação chegaria ao fim. Pendurava-me num otimismo: logo alguém me contrataria e aí sim, eu entraria numa guinada da qual nunca mais sairia. Teria dinheiro de novo. Compraria meus móveis. Teria uma rotina. Tudo de novo. Seria feliz.

Seria feliz.

• •

É que viver na mentira é muito solitário. E é, é mesmo. Quando você vive mentindo, nada é dividido. Nenhuma vitória, nenhuma derrota.

É tudo para você.

• •

Num belo dia, talvez nem tão belo, estava eu tentando assumir mais um hábito econômico. Depois de passar a lavar tudo – roupas, meu cabelo, pratos, panelas, tapetes – com detergente ou sabão de coco, tive a ideia de, em vez de tomar um banho e gastar mais de dez minutos fazendo macarrão – o mais desprezível e recorrentemente consumido item do meu cardápio – em separado, a ideia era fazer macarrão com a água do chuveiro, porque aquele era o mês em que eu escolhera a conta de luz para pagar, enquanto o gás estava cortado.

• •

Meu celular toca. Saio pingando, sem me preocupar com sujar nada. Era só chão mesmo.

• •

Meu tio pediu o apartamento de volta.

• •

Como um pai obrigado a enterrar seu filho, volto ao primeiro momento em que soube que moraria ali.

Quando se casaram, cada um dos meus pais ainda morava no Méier e no Lins. Com a união, ganharam um apartamento no Catete, inaugurando a ala da família que moraria na Zona Sul de São Sebastião do Rio de Janeiro. Conta meu pai que minha mãe era uma deslumbrada – ia à praia do Flamengo desfilar seus conjuntinhos de maiô e, sem demora, acumulou vizinhas amigas para trocar confidências. Logo eu nasci e, em seguida, minha irmã. Dividimos um dos dois quartos do apartamento que, apesar de pequeno, era uma joia para nossos progenitores. Quando entramos na adolescência, obviamente, passamos a nos detestar – nunca fomos próximos, na realidade – e quisemos a separação total de bens. Sobrou até para a beliche à moda do Exército que meu pai montou por conta própria. O jeito foi dormir no quarto de serviço. Ali, aprendi que viver sozinho num cubículo era centenas de vezes mais interessante do que viver num quarto grande com qualquer outra pessoa. Podia ouvir música, tocar violão, bater uma punheta. E fim. Ninguém para abrir a porta de assalto.

Apesar de feliz ali, não me dei por satisfeito. Nutri desde bem garoto a vontade de morar sozinho. Meu pai tinha uma combinação explosiva de disciplina impingida pelo Exército e frustração por sua saída precoce de lá; isso o tornava um homem irascível, duro, amargurado. Não perdia oportunidade de nos cobrar, diminuir, desprezar; especialmente depois que engrossou o corpo docente de nossa escola, quando decidiu dar aulas de português, porque era o que ele se via fazendo enquanto mancava e usava muletas. E minha mãe era mais esposa do que mãe. Nunca levantava a voz nem o confrontava por nada.

Demorou anos até que eu percebesse que ela era a primeira vítima de seu asco.

Durante as minhas tardes na adolescência, eu fazia qualquer coisa para não estar em casa. Saía da escola e ia para a lanchonete, Palácio do Catete, cinema, o que fosse. Minha mãe não entendia todo esse meu êxodo. Acho que ela sempre sentiu falta de mim, ou do que eu poderia ser para ela. Fui muito de responder à altura do meu pai, tentar falar mais alto. Até que, em certo ponto, calei-me. Eu não falava nada, não tinha vontade de opinar sobre nada. Entrava mudo e saía calado. Não como minha mãe, eu não queria ser como ela. Meu silêncio era plano arquitetado. Eu precisava sair dali o quanto antes.

Quando eu saí da escola, celebrei o quanto pude estudar numa faculdade em outro município. Por mais que fosse apenas Niterói, não exatamente tão distante da minha casa, eu arrumava muitos motivos para passar o dia todo fora, quiçá a noite, os fins de semana. Vivia na casa de um, de outro, de fulano, de beltrano. Tinha muitos amigos – não desses de verdade, mais dessas pessoas com quem a gente se junta para passar o tempo. Me atrasei intencionalmente um ano na faculdade só para ficar nessa ausência.

Entrei para o banco durante um estágio e de lá não mais saí... Bem, o resto é história. A verdade é que fui juntando minhas moedas para, exatamente, morar sozinho. Meu tio, irmão do meu pai, me ligou numa tarde de domingo para me oferecer uma morada no bairro do Horto. Ele voltaria para Belo Horizonte, mas ainda não queria abrir mão do apartamento daqui.

Não pensei duas vezes. Era no alto das pirambas, num lugar sem ônibus, longe do Centro. Mas topei.

Quando entrei pela primeira vez naquele pequeno pedaço de chão senti uma imensa emoção. Finalmente aquele era o silêncio que eu busquei por tantos anos na minha vida.

Isso já tem uns dois ou três anos.

• •

Está tão tarde que nem os passarinhos cantam mais.
Nem eles.

• •

Meu corpo esguio se aproximou do chão. Sinto meu cabelo e barba com a ponta dos meus dedos aflitos.

Certo, não era aquele o fim de situação que eu queria. Que eu esperava, pelo menos. Eu ia arrumar um emprego, estava tudo nas minhas mãos. Eu realmente ia, bastava querer. Mas queria aquela casa para mim. Eu cabia exatamente nela. Ela continha os meus desejos e ambições. Mais uma vez, me sinto sob bombardeio. E realmente estava – meu tio desligou o telefone dizendo para ficar tranquilo porque já tinha falado com meus pais. Me sinto como um refém sendo entregue ao seu sequestrador. Não, não. Me sinto como um menino de novo, contrariado e com raiva. Não me importava de vender todos os móveis e ficar somente com as paredes. Era delas que eu precisava.

Percebo que a minha casa seja talvez a primeira coisa da minha vida adulta com a qual eu verdadeiramente me identifique.

Não tinha laços fortes com ninguém da minha família ou com as pessoas do banco. Meus amigos iam e vinham. Minha casa, não. Era um lugar de paz, de sossego, de contemplação. Dali eu via o céu e podia me sentir sozinho de uma maneira que não fosse negativa. Além disso, me provia um grau interessante de crítica e reflexão – eu reclamava, mas, no fundo, estava bem. Eu era um provinciano na minha própria província. Me sentia no Rio de Janeiro e, mais do que isso, me sentia como se tivesse o meu próprio canto, condado, município. Como se o Horto tivesse um aspecto que me poupava de todo o resto, fosse uma coisa à parte. Uma coisa minha. Se fosse quebrada, como provavelmente seria em breve, talvez, ao se remendar, não voltasse ao seu tamanho original.

• •

Nem se passou um dia inteiro e o telefone tocaria mais uma vez.
Ouço o som agudo do meu celular às sete da manhã.
Mas que po...? Sete? Que diabos minha mãe estava pensando? Deixo tocar.
Mais uma vez, sou invadido pela placidez de ouvir o canto dos passarinhos pantufos. Pelas últimas vezes, eu acordava na minha casa.

• •

O telefone toca mais uma vez.
E outra.

• •

Já sabia o que seria. Minha mãe, muito preocupada comigo. O cerco estava fechado – eu voltaria para a casa dos meus pais. Entendam, é como uma derrota, um divórcio após uma indigente relação.

Nascido para morrer.

Eu estava pior do que o Botafogo em suas piores fases.

• •

Ponho o telefone no modo silencioso e vou fazer um café. Sem cafeteira, uso uma meia seminova como filtro. De algum jeito, essa esdrúxula realidade agora era a minha e eu deveria abraçá-la, agarrar-me a ela, mesmo sabendo que ela se consumia como uma vela, prestes a morrer.

• •

Fico ali, saboreando o meu café com gosto de meia, quando meu telefone começa a tremer de um jeito que não faz há um tempo. É uma mensagem da minha irmã. A palavra CRÁPULA me pula aos olhos – deixando claro que este é um vocábulo que minha irmã costuma escolher. Penso se abro a mensagem ou não. Por fim, decido abri-la como se decidisse puxar um band-aid: se doer agora, não vai doer mais tarde.

• •

SEU CRÁPULA!!! SÓ ASSIM, COM UMA PALAVRA DIGNA DO MEU PAI! TODO MUNDO ATRÁS DE VOCÊ! SE VOCÊ É UM BABACA E NÃO QUER SABER DE NADA, AVIS

Que estranho. Ah, chegou outra.

A!!! MINHA MÃE LOUCA QUERENDO SABER ONDE VOCÊ ESTÁ! MINHA AVÓ ESTÁ INTERNADA E SÓ FALTA VOCÊ AQUI! É DIFÍCIL SABER QUEM TR

Meu Deus.

AZ MAIS PREOCUPAÇÃO!!

• •

Pouco tempo depois, estamos reunidos numa sala de espera do hospital, o mesmo em que minha tia havia falecido anos antes. Falecido. Palavra engraçada.

• •

– Sabe no que estou pensando? – pergunta minha irmã, quase retoricamente, em meio a pequenas lágrimas. – Uma vez em que levei minha avó ao cinema. Parei para pensar um dia e não consegui me lembrar da última vez, anterior a essa, em que fomos ao cinema sozinhas. Peguei o telefone e a convidei. Fiz isso porque tinha recebido o salário do estágio e me disponibilizei a pagar. Ela até estranhou, disse que pagaria. Recusei. "Quantas coisas você me pagou, vó? Quantas coisas você me deu?". Fomos ver um filme de comédia romântica. Nem sei qual era, mas sei que, lá pelas tantas, olhei e vi que ela estava chorando. Segurei a mão dela e tive certeza de que eu sofri muito mais que ela. Quer dizer. Me derreti, não sei! Que cena mais fofa. Depois a gente saiu e foi tomar um sorvete no McDonald's. Quantas vezes levei minha avó para tomar um sorvete? Quantas pessoas neste mundo têm a sorte de fazer isso?

Quando ela terminou de falar, minha mãe também tinha umas boas lágrimas carimbando seu rosto.

Talvez eu tenha virado o olho, mas o arrependimento logo me pegou de jeito. Eu mesmo nunca tinha levado minha avó para tomar sorvete. Nenhum dos meus avós. Nem meu pai ou minha mãe. Ninguém esteve à altura de levar nem cinco reais do meu salário, ou da minha mesada, ou das minhas férias. Nada. Agora não adianta fazer homenagens póstumas. Não adianta dizer que faria assim ou assado. Não fiz.

Não fiz.

• •

Parando para pensar, é difícil precisar bons momentos individualmente com cada um deles. Não sei se houve. Não sei nem se houve alguma palavra sincera que fosse muito além de uma formalidade ou apenas ligada ao fato de que partilhávamos o mesmo sangue. Tudo era um jogo de marionetes colocadas no mesmo canto da sala, sorrisos pintados no rosto. Meu avô, que morrera há alguns anos, me cumprimentava mais animadamente diante de algumas conquistas, sendo a última delas a entrada para a faculdade. Minha outra avó cozinhava bem e, disso, todo mundo sabia. Mas nunca me perguntaram os motivos de meu desânimo ou raiva nem me ofereceram ajuda ou um chope que fosse.

A grande herança tinha sido do meu avô paterno. Ainda vivo, apesar de distante. Ele estava na parcela da família que havia voltado para Minas Gerais com os anos. Talvez seu grande erro tenha sido meu pai. O resto, uma feliz coleção de acertos.

Ele gostava de viajar e de contar histórias de pescador, mesmo que nunca tivesse pescado uma sardinha em toda a sua vida. E era botafoguense. Um senhor botafoguense, se me perdoam a expressão tosca. É dessas pessoas que transformam água em vinho e convertem jovens hereges em excelentes torcedores do Botafogo. Era tão botafoguense que tanto sua esposa quanto a esposa de meu pai, caso perguntadas sobre seus próprios times do coração – embora nem se importassem com futebol –, responderiam "Botafogo" em caso de uma consulta de time. Ele me ensinou a ir ao Maracanã, a usar meias da sorte e que futebol era como um casamento – não devemos nos importar por sofrer por amor, porque esse mesmo amor deveria ser combustível para o que nos move. Sabia as maiores jogadas de cabeça de Nilson, Jairzinho, Leônidas. Seu grande arrependimento em voltar para as Minas Gerais? "Aqui não tem Maracanã, uai."

Sendo o futebol o nosso grande ponto de tangência, não restava tempo para falar de outras coisas, quiçá para perguntar qualquer questão mais subjetiva. Meu avô paterno era como um bom amigo de carnaval – na hora do desespero, ele sequer era lembrado.

• •

– Credo, que cheiro é esse? Esqueceu que desodorante existe?
– Ah, e você vai tomar conta do meu desodorante? Agora?
– Vou, sim! E quero saber que merda você anda fazendo da sua vida pra nem atender uma ligação!

— Minha filha, não xingue. Estamos num hospital – pondera minha mãe.

— Mas, mãe, como pode uma pessoa sumir assim? Qual é a tua, garoto?!

— É, cara, tá sumidão.

— Mas o que ele está fazendo aqui até num momento desses...? – Tento jogar o brutamontes na minha área de escanteio.

— Filho, vamos mesmo conversar. Não aqui, mas de hoje não passa – rosna meu pai.

Meus pais viram a cabeça para acompanhar a vinda do médico pelo branco corredor do hospital.

Salvo pelo gongo.

• •

— Olhem, está tudo bem. Não corremos perigo de vida aqui. Ainda estamos avaliando os danos, mas está tudo sob controle. Mas ela vai precisar ficar internada. Isso significa que um de vocês vai ter que fazer companhia a ela o tempo inteiro, com refeições asseguradas, já que a paciente é idosa e não pode ficar desacompanhada. Muitas famílias fazem rodízios, ou seja, uma pessoa fica a cada um ou dois dias. Se vocês não tiverem essa disponibilidade, eu indico uma rede de acompanhantes recomendada aqui mesmo do hospital – explica o médico.

— Não, doutor. Eu fico – respondo, de súbito.

Minha mãe chora.

Minha irmã se enerva.

Ainda que estranhamente,

por dentro,

eu venço.

∴

Levei poucos milésimos de segundo para tomar essa decisão, mas me pareceu o mais sábio a fazer. Dessa forma, eu primeiramente me livraria das críticas quanto ao meu suposto desaparecimento – afinal, quer coisa mais angelical do que um netinho fazendo companhia a sua avó doente? Além do mais, já que eu era um homem expatriado de seu próprio lar, o hospital me parecia mais tranquilo do que voltar para a casa dos meus pais, com a minha irmã de brinde. Viveria no hospital. Circularia com o cheiro de éter no peito. Faria amizade com os médicos. Descolaria lanches variados. Quem sabe até um emprego na contabilidade. Do mesmo jeito que cuidaria mais de perto da minha gastrite, assunto que consumia bastante de minha preocupação. E, para ser a cereja do bolo, ficaria o tempo inteiro no ar-condicionado, já que o calor não custaria a voltar.

Tudo faz sentido.

Não pensei profundamente. Não. Estaria mentindo se dissesse que foi uma intenção, um desejo premeditado. É claro que não foi. Ninguém quer morar num hospital. Ninguém quer estar num ambiente de doença, morte e desesperança. Eu não sabia quanto tempo minha avó ficaria ali. Talvez ninguém soubesse. Eu também não sabia se ela conseguiria falar ou andar. Eu nem sabia como ela estava naquele momento, para ser exato. E se ela precisasse de algo que eu, enquanto acompanhante, não pudesse dar? E se... E se ela morresse durante uma madrugada e a única presença no quarto fosse eu? Fico confuso entre a realidade, filmes de Hollywood e as minhas próprias memórias hospitalares.

A vida é um sopro.

• •

— Meu filho, mas como você vai fazer isso?
— Ué. — E ali me dou conta de que revelei, de graça, meu desemprego. — Sem problemas, mãe. Assim, posso devolver tudo o que a minha avó fez por mim, por nós. E parece bem maior do que um sorvete, não?
— E você não trabalha?
— Eu resolvo isso lá — respondo secamente.

Minha irmã bufa.

• •

Apesar do cenário, eu venci.

• •

E foi assim que, cinquenta horas depois disso, virei residente de um hospital. Não como um estudante de Medicina, cheio de olheiras e sonhos. Como alguém que reside. Mora. Habita.

No dia em que sofreu o AVC — aliás, na manhã, já que fiquei sabendo que ela passou mal ainda durante a madrugada, segundo minha mãe —, minha avó foi direto para o CTI, mais a cargo da observação rotineira médica. Ela foi, inclusive, sedada, já que o médico disse que ela tinha chegado bastante abalada e sem conseguir mexer um dos lados do rosto.

Nas horas seguintes evitei ficar sozinho com qualquer membro da família. Mais pessoas, talvez mais distantes, chegaram para visitá-la – o que acabou sendo bom, já que a atenção foi pulverizada. Eu ainda me sentia como um alvo, mas talvez menor e com menor importância. Importante era cuidar da minha avó.

Quando ela despertou, metade de seu rosto ainda não se mexia. Ela não sabia onde estava nem como tinha ido parar lá. Aliás, ela mal falava; apenas balbuciava e fazia que sim ou que não com a cabeça. De acordo com alguns testes feitos, o negócio foi severo.

Dentro de meu contemplado egoísmo, respirava aliviado. Se ela está viva, eu estou aqui. De algum jeito, consegui o que queria: irritar minha irmã a um ponto que ela não mais dirigia a palavra a mim. Minha mãe só chorava e contava histórias do tempo da carochinha. Meu pai lutava obsessivamente para não demonstrar sentimento nenhum por coisa alguma.

Segue o baile.

• •

Durante o tempo no CTI, aproveitei para passar no Catete e deixar as poucas coisas que ainda me restaram, como meu colchão, alguns livros e roupas. Meus pais sabiam e eu sabia que eles sabiam. De qualquer forma, preferia não pensar naquilo agora. Suspirei num misto de infelicidade e desânimo quando abri a porta do quarto dos fundos e vi que estava tudo no lugar, como eu deixara anos atrás, exceto pela ausência do colchão, que cruelmente voltou ao seu lugar original.

∴

Quando minha avó foi para o quarto e eu me vi sozinho com ela, me deu muito medo. Medo. Era isso que eu sentia. Um medo quase infantil, como se tivessem me deixado para trás na excursão da escola a uma cidade distante. Eu dei baile em tantas pessoas teoricamente importantes para, em seguida, ver-me sozinho com a minha avó, em recuperação de um incidente sério de saúde, e mais nada ou ninguém.

Naquele ponto, eu já sabia que não voltaria mais ao Horto – meu tio regressaria de Minas nos próximos dias. Não pude exatamente me despedir, dar uma puta festa no meu apartamento, fumar um cachimbo pestilento em todos os cômodos, ou essas coisas que eu imagino que as pessoas façam quando estão enterrando suas próprias casas. O que eu sabia é que dificilmente passaria por ali casualmente, como alguém passa por Botafogo ou pelo Centro da cidade. Por um lado, era bom, porque protegia a minha memória e meu coração de sofrer sem necessidade por outro, era como se eu nunca estivesse estado ali. Como se morar sozinho fosse nada além de um sonho, algo do qual eu tinha acordado. Era óbvio que eu acabaria morando sozinho de novo, mas agora, sinceramente, estou sem qualquer sombra de perspectiva para isso. Ou qualquer categoria de coisa boa.

Levei meu radinho a pilha, meu travesseiro – algo muito importante num quarto de hospital, onde tudo é absolutamente desconfortável –, rádio de pilha, livros. Levei o que levaria numa viagem longa de ônibus. O que eu deixei de considerar é que levaria, também, um enorme choque de realidade. Por mais que eu já "tivesse passado por tudo aquilo" com pacientes de hospital ainda mais jovens, era sempre um choque ver uma pessoa que a gente conheceu a vida inteira sobre um leito daqueles. Minha doce e gentil avó teve seu rosto desfigurado, tal como parte de um quadro de um Dalí que acordou num dia ruim. Todo o lado esquerdo estava caído, como se a gravidade chamasse mais alto. Ela tampouco conseguia mexer a mão esquerda e imagino que o mesmo ocorria com o pé ou a perna. Eu não queria olhar, mas me sentia responsável por aquela anciã criatura. Para completar o show de horrores, ela tinha uma fala enrolada, soturna. Talvez por esse ou outro motivo qualquer, ela quase não dizia mais nada.

– Vó, sou eu, seu neto – falei ao me aproximar. – Você está no hospital e eu estou aqui com você. – Me lembrava das instruções dos médicos quanto a minha tia, e de uma versão menor de mim aprendendo a tratar um paciente internado de forma que se situasse no tempo-espaço.

Ela tentou sorrir, mas seu rosto pareceu pior ainda.

Liguei a televisão e jurei me animar ao ver que o que passava era um programa de canal fechado. Olhei de volta para ela, mas era como se não estivesse lá. Seu rosto cansado revelava uma vida de desencontros e perdas. O que será que ela pensava? Será que imaginava que a sua própria vida também estava chegando ao fim? Me sinto um egoísta vicioso por ter tantos problemas mesmo não tendo nem trinta anos.

Não que nada daquilo me servisse de lição para ser melhor.

• •

Sempre que algum familiar ou amigo entrava no quarto, eu tinha a minha deixa para sair e dar uma volta pelo hospital. A situação estava tão fora do normal que eu sentia que poderia começar a escrever um filme ali mesmo. Felizmente, meu pai deixou algum dinheiro comigo quando dei entrada no quarto – não sei se por pena de eu ter sido expulso da minha própria casa ou gratidão por não ter que pagar uma equipe de enfermagem extra. De qualquer forma, me rendeu deliciosos cafés, águas e pães de queijo ali. A cantina se tornou quase um cômodo favorito daquela decrépita nova residência, onde eu ia bem cedo de manhã para sentir o cheiro do café fresco saindo da cafeteira. E, em tempo, preciso confessar: era ótimo ter dinheiro na mão para gastar com frivolidades, além de barganhar contas de meses anteriores. Eu já me sentia numa experiência ancestral de escambo, sendo que eu brincava sozinho.

• •

Entretanto, essa era uma das poucas partes boas, além de estar no ar-condicionado o tempo todo e poder deixar as luzes acesas sem pensar nos malditos boletos. Havia algo em que eu não tinha pensado – a invasão no hospital era constante. Quando você está num quarto com uma pessoa idosa que não consegue se mexer, vítima de um acidente vascular cerebral, é difícil ter mais de duas horas de sossego. Enfermeiras entravam e saíam quando bem entendiam para fazer diferentes tipos de procedimentos. Eu ficava dividido entre "tomar conta da paciente" e sair correndo dali para nunca mais voltar, porque tudo parecia um laboratório, e minha avó, um rato indefeso sem a possibilidade de reação. Umas moças até agradáveis, sorridentes. Pensava que terrível devia ser ter a vida delas. Os caixas do supermercado tinham ganhado na loteria. À noite, escutava a porta abrir tanto quanto durante o dia, e ainda ouvia os gemidos tristes de minha avó, como um pássaro que sabe que vai morrer a qualquer momento.

• •

Ainda estou pensando sobre qual situação era pior para mim.

• •

Enquanto ela permanecia num leito sem tempo, eu procurava passar o máximo de tempo paralelo a ela, com o objetivo de não a encarar. Eu não sabia bem a explicação, mas era extremamente desconfortável ter que conversar com ela. Não que eu me orgulhasse disso, contudo não fazia nenhum esforço para mudar. Sempre achava que ela não entenderia o que eu estava falando e isso me causava enorme angústia. Como poderia conversar com uma pessoa que já escutava mal e que agora não falava direito, além de não se lembrar de tudo? Imaginava uma conversa vazia, de vocábulos repetidos direcionados ao nada. Não haveria comunicação.

• •

Por quê? Por que eu não conseguia falar com uma pessoa de tamanha importância? Se fosse minha mãe ou meu pai ali, será que eu também não diria uma palavra sequer? Fingiria que não estava ali?

Que tipo de pessoa eu era?

• •

O primeiro mês se passou, lento e rápido ao mesmo tempo. Uma vez acostumado com aquela estranha vivência, a questão foi me ajustar à programação da televisão do quarto e fingir que estava ao telefone sempre que alguém aparecia. O estado físico da minha avó ia e vinha, e agora a principal preocupação dos médicos era com infecções urinárias ou quaisquer outras pragas hospitalares. A verdade é que minha avó nunca piorou a ponto de voltar para o CTI nem melhorou a ponto de voltar para a sua casa, situação que muito me deixava morbidamente confortável.

Há algo sobre isso que me torna invulnerável, imune. Eu estava o tempo todo preocupado com a *internação* da minha avó, não com a minha avó. Às vezes, me pegava pensando sobre o que aconteceria se o plano de saúde fosse cortado ou se minha mãe decidisse se mudar para lá. Nunca sobre ela. Vejam bem, isso para mim também era estranho, desconfortável. Ela me estava servindo de fantoche.

• •

Às vezes, me distraía pensando que minha única preocupação genuína era se o Botafogo estava bem na tabela.

• •

Sinceramente, eu não sabia se, psiquicamente, me fazia melhor estar em casa, sem dinheiro e sem emprego, ou no hospital, sem emprego e com o dinheiro do pão de queijo. Fisicamente, meu estado tinha melhorado, já que não era fácil piorar – desde que saí do banco, perdi aproximadamente dez quilos, o que ia além da minha leve saliência de barriga de chope. A verdade era que eu estava magro para caramba, feio, pálido. Comer feijão e salada todos os dias me fazia bem. Nunca mais comi sequer macarrão malcozido com salsicha, e disso eu não podia reclamar.

Mas se antes eu tinha um composto de sentimentos ruins e bem categorizados – algumas coisas me deixavam ansioso; outras, melancólico e pessimista; outras, angustiado; outras, com um gosto amargo sobre o passado –, agora, eu tinha uma pasta opressiva de apatia e tédio. Já não conseguia sentir as emoções como eu imaginava que as outras pessoas sentiam. Eu sentia falta da raiva que tinha do falatório das demonetes ou do chefe codorna, pois a raiva é o melhor dos sentimentos ruins.

Quando eu finalmente saía do quarto e podia ver o sol, tomar um café ou dar uma volta na rua, ficava existencialmente frustrado por pensar que não conseguiria aproveitar aquelas atividades como antes. Por me sentir assim, eu tendia a evitar viver as coisas que antes julgava proveitosas. Eu não tinha motivação para sair. Me faltava força. Força. Quando qualquer conhecido aparecia, eu me sentia constrangido por não esboçar um sorriso ou uma feição lacrimosa; eu tinha me achatado à função de porteiro do leito da minha avó, e isso parecia ser tudo.

Eu estava numa roda infeliz, em que tudo começava e terminava com a enorme solidão que recaíra sobre mim. Se eu me sentia sozinho, e de fato estava sozinho, era como se não tivesse com quem conversar e sequer uma janela para olhar. A partir da minha solidão, vinha todo o resto que eu sentia – ou não sentia mais, sei lá –, o que me deixava ainda mais sozinho e sem pretensões de me comunicar com os outros. Isso era o começo e o fim de tudo. Vivia me arrependendo sobre o que fiz num passado recente, porque ali, talvez, ainda estivesse cercado de seres humanos que me estimulassem. Agora eu não era nada. Era como uma camisa virada do avesso, olhando para o imenso vazio da escuridão que se formou ao meu redor.

Certa manhã, enquanto as enfermeiras me tiravam do quarto por uns quarenta minutos para dar banho na minha avó, que estava desconfortavelmente falante e animada, desci para comprar uma revista para ler.

Dei de cara com a minha irmã.

Ela estava sozinha e parecia decidida a não visitar a minha avó; pelo contrário, parecia que o assunto era comigo.

– Escuta, até quando você vai fazer esse circo?

Fiquei parado, fitando atentamente uma porta atrás dela.

– Eu sei que você deve estar se achando muito bonzinho pensando que está aqui, mas eu queria que você soubesse que a mim, você não engana. Olha, eu sinto muito que você tenha saído da sua querida casinha, mas nossos pais não têm culpa nenhuma disso.

Minha irmã. Desde que meu quarto de menino foi ocupado com vestidos rosa e um choro de bebê recém-nascido, não nos dávamos bem. Crescemos numa vida de intolerâncias — ela me achava esquisito; para mim, ela era normal demais. Não se importava em ser boa aluna nem tinha ressentimentos das pessoas. Repetiu uma série na escola e nem se ocupou em ficar triste. Arrumou um namorado antes que eu pudesse arrumar minha primeira namorada. Quando eu queria ficar quieto, ela queria fazer barulho. Vivia me expulsando do quarto para levar suas amigas. Seu sorriso aberto me incomodava. O seu brilho no olhar, mais ainda.

Não era como se eu não aceitasse que a felicidade poderia nascer do útero de minha mãe. Era que eu, sinceramente, achava discrepante alguém não se incomodar com o jeito rude de meu pai ou com a passividade materna. Minha irmã parecia pertencer a um mundo só dela, onde não entravam o desânimo ou os pesares. Era como se eu tivesse que carregar toda a carga ruim exatamente para poupá-la. Não preciso dizer que não era o tipo de sacrifício que eu topava.

No fim, era mais uma pessoa que vivia junto comigo que eu sentia desconhecer. Fazia a linha superficial da minha mãe. Animada, ativa, imatura.

• •

Seu jeito comigo simplesmente não colava.

• •

— Eu sei que não. É que acho que estou velho para dividir o quarto com você – e propus intenção de seguir em frente pelo corredor.

— Eu sei que você não trabalha há quase seis meses. Me contaram. É por isso que você anda se arrastando por aí, com essa cara de bunda? Por que você não arruma um emprego e toca sua vida?

Sinto minha boca secar.

— Qual é o seu problema?

— Me deixa em paz, porra. Não preciso de você me enchendo o saco – rosnei.

— E quem é que te enche o saco? O diretor do hospital? Porque se fosse eu, encheria. Não ia deixar um folgado que nem você se passar por bonzinho, cara família. Você não é família. Me impressiona que você ainda tenha família, na verdade. Papai e mamãe se esforçaram para dar uma boa vida para a gente e você não consegue ter um pingo de gratidão. Eu teria vergonha de ser você!

Passo por ela e vou andando pelo corredor, mas sinto seus passos atrás de mim.

— Por que você não faz uma yoga, vai um dia ver o sol nascer, sei lá. Sai dessa situação infeliz que anda vivendo aí e vai viver que nem gente? Eu sei que você não aguenta ficar sem trabalhar ou sem fazer nada. O que te aconteceu pra ficar desse jeito? Porra, *por que* você não fala comigo?

•

Apesar do buraco negro no qual eu me enfiei, lá estava minha irmã caçula, tentando me dizer que fazer *uma yoga* ia resolver todo aquele sentimento de merda e ia me colocar de volta nos trilhos. Acho que ninguém antes tinha me confrontado, mas é frustrante de qualquer jeito. Quero dizer. Não é como se ela se oferecesse para me ajudar ou dissesse que estava ali por mim mesmo no meu estranho estado.

• •

A despeito de não funcionar e até me deixar um pouco puto, essa é a primeira vez que sinto que alguém que se importa me interpela daquele jeito.

• •

Quando cheguei a algum corredor e vi que estava sozinho, desabei mais uma vez.
Quantas vezes eu teria que desabar? Quantas?

• •

Eu me sentia em colapso.
Só queria me anular. Talvez mais um pouco do que já vinha fazendo, talvez isso me ajudasse a não sentir mais nada *mesmo* e não ser atropelado por nenhum tipo de sentimento de culpa retroativa. Eu não precisava da minha irmã nem de ninguém. Precisava de uma solução prática ou nada daquilo que eu estava vivendo faria algum sentido em algum momento.
Percebo que a solução que eu encontrei para a minha moradia era paliativa. É que, entendam, algo novo se somou ao meu receio de voltar para a casa dos meus pais –
a lembrança.

Cheiros antigos me levam a lugares que eu já conhecia de outros tempos. E lembrar das coisas dói. Dói lembrar que, em algum outro tempo, porém no exato mesmo lugar, eu tive esperança, alegria, uma vida normal. Pelo menos minhas sextas-feiras eram ótimas. Eu vestia meias coloridas.

Lentamente, me dou conta de que, na *coeteris paribus* – ou seja, na manutenção das condições, ou se nada jamais mudar –, um local não se altera como faria uma pessoa, uma coisa, um tempo. Um lugar pode ser o mesmo para sempre. Se eu voltasse a morar com meus pais, seria um homem diferente num mesmo lugar. E é melhor voltar a um lugar de tristeza do que a um lugar de alegria, meramente porque a alegria passa e talvez nunca mais volte da mesma forma. E, apesar de ter vivido bons períodos de saco cheio estando em casa, ali vivi minha infância, adolescência e início da vida adulta, e tive bastante tempo para, talvez, ser feliz.

É pena que eu me dê conta disso só agora.

Ouço mais passos.

• •

Merda. É minha mãe.

• •

– Meu filho, você está aí! Que bom que te achei. Estava procurando um banheiro. Você viu sua irmã por aí?

– É, vi.

Ela se aproxima de mim com o calor de um beijo materno.

— Puxa, meu filho, estou muito feliz. Muito mesmo. O médico responsável pela sua avó me disse que ela deve ir para casa ainda nesta semana. Podemos voltar para casa! Eu, você, sua avó!

Tento evitar, mas dou um longo e triste suspiro.

— Como eu não sabia disso?

— Ué, ninguém te disse? É que às segundas-feiras acontece uma troca de médicos. Esse médico de hoje é mais legal. Ele estava na semana retrasada e disse que, se sua avó restaurasse a memória de forma completa, ficaria como nossa decisão levá-la para casa. Acho que vamos todos para o Catete, o que você acha? Não sei se devo mais deixá-la sozinha na outra casa. Quero dizer, sozinha não, ela nem teria condições. Mas eu penso em trazer todo mundo para ficar perto, ela e as enfermeiras. O que você acha? Filho...? Está tudo bem?

Meu pensamento estava longe, como uma gaivota voando, perdida.

. .

Acabou.
Eu perdi.
Perdi.

. .

— Meu filho, o que houve?
— Não, nada.

FONTE: Bell MT

Talentos da Literatura Brasileira nas redes